IL MULINO A VENTO

Per volare con la fantasia

W0241284

Collana di narrativa per ragazzi

GRUPPO EDITORIALE
RAFFAELLO

Editor: Paola Valente
Coordinamento redazionale: Emanuele Ramini
Team grafico: AtosCrea
Ufficio stampa: Francesca Vici

I Edizione 2019

Ristampa
6 5 4 3 2 1 0 2025 2024 2023 2022 2021 2020 2019

Raffaello Libri S.p.A.
Via dell'Industria, 21
60037 - Monte San Vito (AN)
www.ilmulinoavento.it
www.grupporaffaello.it
e-mail: info@ilmulinoavento.it

Printed in Italy

kiwa certified CERMET
SISTEMA DI GESTIONE CERTIFICATO
UNI EN ISO 9001:2015

Raffaello digitale
libro in rete
con risorse per la LIM
VERSIONE MISTA
www.raffaellodigitale.it

www.facebook.com/RaffaelloEditrice

Paola Valente

La Maestra Tiramisù
Il ritorno

Illustrazioni di

Stefania Rossini e Marco Troiani

Tredici

Una nube di fumo nero staziona sulla città di New York. Si odono le sirene dei vigili del fuoco e della polizia. Molta gente sta con il naso per aria, ma lo spettacolo è quasi finito, l'incendio domato. Il grattacielo ormai è ridotto a un cumolo di macerie.

E la notte avanza. All'orizzonte c'è ancora una striscia rosso sangue, ma la notte avanza. Un'ombra sottile e nervosa si staglia contro il cielo viola. Un'ombra con una gabbietta e con una valigia. Dove sarà diretta? Meglio non saperlo. Solo le stelle, impassibili e mute, sono in grado di seguire la sua stessa strada. Ma alle stelle non importa ciò che succede sulla Terra. Perfette ed eterne, tremolano nell'immensità dell'Universo. Tremolano? Tremano. Anche loro hanno una certa fifa a guardare quaggiù.

Uno

La **S.P.P.G.C.U.M.I.P.** (abbreviata in **SPPG**) si trova a New York, in un edificio tutto vetri, al centro di un grande giardino. Oltre gli alberi ben curati, scorre il fiume. Lì c'è una darsena con le barche che i **P.G.** governano senza problemi.

Per frequentare l'istituto, bisogna superare una selezione molto dura e severissima. Perché questa è la **S**cuola **P**er **P**iccoli **G**eni **C**on **U**na **M**arcia **I**n **P**iù, bambini straordinari dalle capacità eccezionali. Sono esperti di informatica oppure artisti e musicisti, ma anche calciatori di altissimo livello, matematici e fisici nucleari. Fisici nucleari? Ebbene, sì. Nella scuola per Piccoli Geni, ci sono bambini di sette anni che potrebbero progettare e assemblare una bomba atomica in una settimana e ridurre la città di New York a un enorme cratere radioattivo.

I Piccoli Geni tuttavia in genere amano l'umanità, il gelato, i cani e i gatti, la mamma e il papà e perfino i film di Walt Disney, perciò non farebbero del male nemmeno a una mosca. A una mosca? Neppure a una cimice, di quelle che puzzano come cadaveri putrefatti; nemmeno a una zanzara tigre che, quando punge, provoca certi bubboni pruriginosi sulla pelle da far impazzire di rabbia perfino Giobbe. I Piccoli Geni sono contro qualsiasi tipo di violenza.

Hanno superato esami difficilissimi per essere ammessi nella loro scuola e, fra questi, l'esame di pazienza e tolleranza.

Se, durante il corso di studi, uno di loro si dimostrasse insofferente, nervoso, poco collaborativo, sgarbato, insolente verrebbe subito estromesso dalla scuola. I Piccoli Geni devono migliorare il mondo in tutti i sensi, questo ha stabilito il fondatore dell'istituto, il defunto megamiliardario Ronald Tramb. Lui ha guadagnato un mare di quattrini giocando in borsa e imbrogliando, ma prima di morire ha deciso di fare qualcosa di buono per quell'umanità che in vita aveva sempre considerato come mucca da mungere: ha fondato la **SPPG**, la scuola che accoglie solo bambini straordinari senza badare a spese, gratuitamente. Bambini poveri o ricchi, basta che siano superdotati!

Questa mattina, nel giardino della scuola, sull'erbetta morbida e immersi in una chiazza di sole, due piccoli geni stanno studiando sul proprio computer portatile.

La bambina si chiama Philippa, detta **Pippa**, e il bambino **Etan**. Sono molto concentrati nel loro lavoro.

Un merlo si avvicina, un coniglietto sbuca dalla tana, da una chiatta sul fiume esplode un prolungato suono di sirena che farebbe sussultare un morto, ma i due bambini rimangono concentrati e impassibili.

Pippa è un Vero Genio Completo, la migliore di tutta la scuola: matematica, scienze, pittura, scultura, non c'è disciplina in cui non sia straordinariamente eccellente. Studia di tutto e, nel tempo libero, scrive romanzi. A guardarla, sembrerebbe una bambina normale: pacioccona, rosea e bruna, per il suo aspetto non si distingue da tutte le altre bambine del mondo. Ma il suo cervello è superiore a quelli di Leonardo da Vinci e di Einstein messi insieme ed elevati al cubo.

L'unica cosa che Pippa non sa fare è allacciarsi le stringhe perciò è costretta a indossare scarpe chiuse con il velcro.

Etan invece possiede una genialità più specializzata: è un esperto assoluto di informatica. Se volesse, potrebbe entrare in tutti i computer del mondo.

Non lo fa perché è bravo, ma non esiste hacker migliore di lui. Un po' timido, magro, esile, non ha mai imparato a nuotare e questo gli brucia un po'.

Suona una campanella e Pippa si riscuote.

– Presto Etan, dobbiamo rientrare in classe. L'ora della pausa è terminata.

– Uffa, proprio sul più bello! – esclama Etan che stava mettendo a punto un programma per parlare con gli extraterrestri.

I bambini chiudono i computer, si alzano in piedi e si ripuliscono gli abiti dalle pagliuzze. Il coniglio scompare dietro un cespuglio, il merlo vola via e loro due, con una piccola corsa, rientrano nella scuola.

– Ciao, Pippa! Olà, Etan! – esclamano due voci uguali quando raggiungono l'atrio.

– Ciao, **Bobby** – risponde Etan.

– Ciao, **Totty** – risponde Pippa con un sorriso.

– Sembra che ci sia una novità – li informa Totty.

Bobby e Totty sono fratelli gemelli, praticamente indistinguibili l'uno dall'altro. Hanno i capelli molto corti e molto biondi, le orecchie a sventola e gli occhi tondi come quelli dei gufi.

Bobby è un genio della musica. Sa suonare qualsiasi strumento, a tre anni componeva sinfonie e canzoni meravigliose meglio di Mozart, canta e balla come un angelo. Totty non sa fare niente. È un po' imbranato, dislessico e discalculico, cioè fa molta fatica a leggere, a scrivere e a contare. Usa a malapena il computer e non gioca bene a calcio.

– Io non frequenterò questa scuola se mio fratello non potrà stare con me! – aveva dichiarato Bobby dopo aver superato brillantemente gli esami di ammissione.

Così i professori fecero un'eccezione e ammisero Totty nella **SPPG** come uditore. Un uditore non può porre domande durante le lezioni, fare verifiche, avere una pagella. Un uditore c'è ma è come se non ci fosse. A Totty questo non importa, anzi, gli va più che bene. Può stare tutto il giorno seduto al suo posto guardando le nuvole che passano fuori dalla finestra, i conigli che saltellano sull'erba, i merli a caccia di lombrichi. Può ascoltare il richiamo delle sirene sulle barche lungo il fiume. Può sognare in santa pace, tanto nessuno gli chiede mai niente.

Totty non è un piccolo genio. Non è neppure intelligente nella media. Però Pippa ha un debole per il suo compagno, non c'è nessuno al mondo simpatico come lui. E poi, Totty porta le scarpe con le stringhe e sa allacciarle!

Nella grande aula di scienze applicate, il professor Archibald Becther è in piedi di fronte alla cattedra. La sua testa pelata luccica come una lampadina a basso consumo. Le lenti dei suoi occhiali riflettono i raggi del sole. Tutti gli insegnanti della **SPPG** provengono dalle migliori università del mondo. Nessuno rifiuterebbe lo stipendio offerto dal defunto megamiliardario Ronald Tramb, stipendio senza tasse perché la **SPPG** è considerata un'istituzione benefica.

Archibald Becther insegna chimica, analisi matematica, matematica combinatoria e scienze computazionali. Ha vinto tre Medaglie Fields, il maggior riconoscimento che un matematico possa ricevere, ed è candidato al Premio Nobel per la chimica. Per lui è un onore insegnare nella **SPPG**, i suoi piccoli allievi sono il più grande prodigio della natura.

– Carissimi – esordisce picchiettandosi l'ampia fronte lustra con un fazzoletto, – come sapete, la nostra scuola forma non solo persone geniali, ma anche persone di altissima civiltà. Perciò, come ogni anno, la commissione preposta ha costituito gruppi di allievi che si occuperanno di un progetto umanitario. Le assegnazioni tengono conto delle vostre preferenze e indicazioni ma anche delle vostre qualità. Ora vi leggerò l'elenco dei progetti e il nome dei bambini che li seguiranno.

– Speriamo che ci mettano insieme come abbiamo chiesto – sussurra Bobby.

– Zitto, fammi sentire – lo rimprovera Pippa.

Il professor Archibald comincia a leggere l'elenco. I bambini sono contenti, si riuniscono in gruppetti quando il professore pronuncia i loro nomi, impazienti di cominciare.

– Il gruppo numero 10 – continua il professore – si occuperà del benessere dei barboni che abitano sotto al ponte di Brooklyn. Porterà loro cibo e coperte e li intervisterà per stilare una cronaca sulle loro abitudini, desideri e sogni. Alla fine del progetto, scriverà una relazione con proposte di miglioramento per la vita di queste persone sfortunate. È composto da Etan Lee, Philippa Lewis, Bobby e Totty King, ma non solo...

Qui il professore fa una pausa significativa e scruta da sotto le lenti i quattro bambini che lo ascoltano con il fiato sospeso.

– Purtroppo Totty King – afferma Archibald scuotendo il capo sfolgorante – è solo un uditore, un'appendice, così si può dire, del suo dottissimo fratello Bobby, e non può essere considerato a tutti gli effetti un regolare protagonista di questa filantropica iniziativa.

"Non è giusto!" pensa Pippa e diventa viola di rabbia. Si trattiene a fatica.

– Considerato che il gruppo deve essere composto da quattro elementi validi – conclude Archibald Becther con autorevolezza, – la commissione ha perciò stabilito che a voi si aggreghi anche un'altra allieva: **Beba Bennett**.

Beba Bennett! La bambina che detiene il record mondiale di intelligenza corporea e di armonia psicofisica. La ginnasta perfetta. Eccellente in tutte le materie anche se non superdotata come Pippa. La bellissima creatura dalle forme armoniose e dai riflessi insuperabili. Beba Bennett, falsa e ipocrita, gentile e servizievole quando c'è un professore nei paraggi, ma un'autentica carogna, capace di combinare bruttissimi tiri a chi non le è simpatico e a nascondere sempre le proprie malefatte.

"Non è giusto!" pensa Pippa mentre Beba si avvicina al gruppo con un sorriso delizioso. Dentro di sé sta friggendo di rabbia perché è stata separata dalle sue amiche preferite, tutte carogne come lei, ma è bravissima a fingere un'assoluta felicità.

Beba fissa con volto angelico Etan, Pippa, Bobby e Totty. Con voce amichevole dice:

– Sono felicissima di collaborare con voi – ma i suoi occhi viola, splendenti come pietre preziose, sono carichi di furia repressa e sembrano ammonire: "Ve la farò pagare cara, brutti pidocchi repellenti".

Due

I cinque bambini arrivarono alla darsena. Caricarono i pacchi su una barca a motore ecologico e poi ci salirono.

– Sta' attento, imbranato! – strillò Beba. – Mi hai sporcato i pantaloncini di raso.

– Scusami – mormorò Bobby mortificato.

– Guarda che non l'ha mica fatto apposta! – intervenne Pippa.

– Apposta o non apposta, state tutti lontano da me. Mi basta la vostra vista per disgustarmi e non voglio aggiungerci la vostra puzza.

– Beba, sei insopportabile!

– Etan, sei un babbeo.

– Ragazzi! Guardate là, sui cespugli ai bordi dell'acqua c'è una coppia di martin pescatore – gridò con entusiasmo Totty.

Pippa, Etan e Bobby si girarono e restarono incantati dalla livrea azzurro mare e arancione dei due uccelli. Essi volarono rasente l'acqua e scomparvero tra le piante fiorite di buddleia.

Beba sedette imbronciata a poppa e finalmente la barca partì.

La giornata era serena e abbastanza calda per stare in maniche corte. La barca navigava veloce e l'aria frizzante sferzava il viso dei bambini con una sensazione di freschezza. C'erano altre barche sull'East River, chiatte, yacht, case galleggianti e grandi imbarcazioni dotate di gru per il trasporto del ferro. L'acqua del fiume era sporca, molto profonda e inquietante. Etan evitava di guardarla. Non sapendo nuotare, si affidava alle capacità dei suoi compagni di avventura ma aveva lo stesso paura.

Dopo aver percorso tre o quattro chilometri, videro le campate lunghissime del ponte di Brooklyn e i suoi piloni, confitti nel fiume, con i grandi archi a sesto acuto e le reti di protezione.

– Eccolo! – esclamò Totty con entusiasmo.

– Come se non lo avessi mai visto – lo rintuzzò acida Beba.

Seguendo le istruzioni fornite dal professor Becther, Pippa guidò la barca al bordo del fiume, verso l'isola di Manhattan irta di grattacieli. Quasi sotto al primo pilone, c'era un piccolo molo smangiato dall'acqua.

I bambini attraccarono e Bobby, arrampicatosi sul molo, fissò la barca con una fune.

Etan salì a sua volta e, sentendosi al sicuro, si fece passare i pacchi da Pippa e Totty.

– Non vieni, Beba? – le chiesero.

– Sì, arrivo. Ma che puzza di marcio!

Camminarono in mezzo al fango e ai rifiuti finché non raggiunsero il pilone. Lì sotto c'era uno spazio abbastanza largo da ospitare delle baracche costruite con legno, stracci e cartone. Videro dei bidoni arrugginiti, usati come barbecue, e due pali con uno spago legato dall'uno all'altro sul quale erano appesi ad asciugare grigia biancheria, camicie a brandelli e calzini rattoppati. Beba procedeva con la faccia schifata.

Un cane nero dormiva sopra una giacca sudicia. Quando li vide arrivare, scodinzolò.

Tre vecchi giocavano a carte seduti su cassette per la frutta. Erano così presi dalla partita che non si accorsero dei bambini.

– Scusatemi, signori… – balbettò Pippa intimidita.

I tre alzarono la testa all'unisono e la fissarono con occhi cisposi. L'uomo più anziano aprì la bocca sdentata in un sorriso e disse:

– La primavera è la stagione migliore.

– Vi abbiamo portato dei regali – disse Etan.

– Qui non ci sono signori. Nessuno dà niente per niente – brontolò il secondo vecchio.

Aveva radi capelli bianchi che lasciavano scoperte vaste zone del cranio pallido.

– Sono regali. Non dovete darci nulla in cambio. Siamo gli allievi della **SPPG** e aderiamo a un progetto umanitario – spiegò Bobby.

– Non ne sappiamo niente – rispose il vecchio.

– Non vogliamo saperne niente – ribadì quello che non aveva ancora parlato. Indossava una camicia fatta di toppe, pantaloni sbrindellati e un paio di scarponi da montagna aperti davanti. Si vedevano le unghie dei piedi, nere e spesse, lunghe come artigli.

– Guardate qui – disse Pippa aprendo un pacco, – questo è cibo in scatola: zuppa di pomodoro, sardine, tonno, ravioli, pasticcio di formaggio, torta alle fragole e tante altre cose buone.

– Uhm – fecero i tre vecchi alzandosi in piedi per vedere meglio.

– E negli altri pacchi che cosa c'è'?

– Be', in uno ci sono bevande, nell'altro coperte e abiti puliti.

– Bevande! – esclamò il vecchio sdentato. – Bevande! Birra e vino.

– Non proprio – lo corresse Totty, – non possiamo regalare alcolici, gli alcolici fanno male. Abbiamo però succhi di frutta e acqua minerale.

I tre vecchi sputarono per terra poi si accovacciarono e cominciarono a frugare dentro ai pacchi. In breve tempo, tirarono fuori quasi tutto allineando i regali in mezzo alla fanghiglia. Aprirono una scatoletta di tonno, annusarono il contenuto passandosela uno con l'altro e poi lo mangiarono affondandoci dentro le dita sporche.

Beba era inorridita, ma anche gli altri bambini non restarono indifferenti a quella mancanza di igiene.

Il vecchio con i capelli bianchi e radi domandò di nuovo:

– Che cosa volete in cambio?

– Niente – ribadì Pippa, – questi sono regali.

– E nella scatola che cosa c'è?

– Ci sono dei libri. Nel caso voleste leggere qualcosa e istruirvi.

I tre vecchi furono presi da una crisi di ilarità e di risate chiocce che li lasciò senza fiato. Quando si ripresero, il più anziano gorgogliò:

– Noi non sappiamo leggere, fanciulla. E la primavera è la stagione migliore.

– Allora li tenete i nostri regali? – chiese Beba indispettita.

– Certo – rispose il vecchio con gli scarponi sfondati, – ma i libri non ci interessano. Portateli via.

– Adesso capisco come avete fatto a ridurvi così. L'ignoranza è una brutta faccenda.

– L'impertinenza è ancora più brutta e, se non chiudi quella boccuccia schifata, ti taglio la lingua – brontolò il vecchio.

Beba non aveva nessuna intenzione di tacere.

– Sei brutto, sudicio e maleducato – strillò.

– E tu sei una gallina senza cervello.

– Io sono un genio!

– Basta così! – disse l'uomo più anziano. – Tu smettila di discutere con una ragazzina. E tu, ragazzina, cerca di avere rispetto. Siamo a casa nostra e non siamo mai venuti a casa tua a insultarti. Capito?

Il suo tono era calmo, ma Beba comprese che con

quell'uomo non si poteva scherzare. Serrò le labbra e incrociò le braccia.

– Ora – continuò il vecchio, – ci prendiamo cibi, bevande e abiti. Grazie tante. I libri potete portarli al tizio che abita nella baracca laggiù, vicino al fiume. Da quello che so, lui sa leggere. Portategli anche del succo di frutta e del latte. Non riesce più a masticare e vive bevendo. State attenti però, è molto vecchio, molto più vecchio di noi tre messi assieme. E non ci sta più con la testa. Gli è girato il boccino qualche anno fa.

– Che cos'è il boccino? – chiese Totty.

– Veramente in cambio vorremmo... – borbottò Pippa.

– Ecco! Lo dicevo io. Per niente non si dà niente! – sbottò il barbone più anziano.

– No, signore, non mi fraintenda. Abbiamo bisogno solo che voi rispondiate alle domande del nostro questionario. Dobbiamo scrivere una relazione.

– Noi non rispondiamo a nessuna domanda. Siete poliziotti travestiti da bambini?

– No.

– E allora lasciateci in pace. Magari quel pazzo che abita laggiù potrebbe accettare di farsi una chiacchierata. Parla molto, ma in genere dice cose senza senso. Accontentatevi.

Detto questo, i tre vecchi radunarono il contenuto dei pacchi e cominciarono a spartirselo borbottando.

I bambini si diressero verso il tugurio più lontano. Storto com'era e lambito dall'acqua del fiume, sembrava essere lì lì per accartocciarsi su se stesso. Sul tetto sbilenco c'era un gabbiano.

– Che strano. Quell'uccello indossa una collana – disse Totty.

Beba strinse le spalle.

– E chi se ne importa? I gabbiani sono gli spazzini del mare. Si sarà infilato quel falso gioiello per errore.

L'uccello strillò e volò via.

Una tenda di plastica faceva da porta. La scostarono e si affacciarono all'interno. Per terra, in un angolo, c'era un mucchio di stracci.

– Permesso? – chiese Etan con voce esitante.

Dagli stracci spuntò fuori una mano e poi un viso incartapecorito, tutto percorso da rughe profonde, nel quale spiccavano occhi di un azzurro incredibile, bordati di rosso.

Il barbone si sollevò a sedere tremando e volse lo sguardo sulla faccia di Beba che lo osservava stizzita.

– Oh, mia piccola, dolce Rosy. Sei tu! Sei tornata da me.

– Ma per chi mi ha presa, questo citrullo? – chiese Beba.

– Sta' zitta! Non ricordi che cosa ci hanno detto? Non ci sta più con la testa, poverino – la rimproverò Totty.

Il vecchio cercò di alzarsi in piedi e, dopo alcuni sforzi, ci riuscì. Era tutto curvo e nodoso, ma rideva con un'espressione buona e ingenua.

– Buongiorno, signore. Le abbiamo portato dei libri in regalo – disse Pippa.

– Oh, ma voi siete dei bimbi, dei bimbi ricchi. Dov'è finita la mia Rosy?

– Non lo sappiamo, signore. Siamo gli allievi della **S**cuola **P**er **P**iccoli **G**eni. Le abbiamo portato dei libri – ripeté la bambina.

– Libri? Miei cari, ci vedo ormai così poco! Avreste dovuto portarmi anche un paio di occhiali. E qualche soldo di nuvole… Riuscireste voi ad acchiappare una nuvola?

– No, signore – rispose Bobby confuso.

– Però possiamo fotografarla! – aggiunse Totty con entusiasmo.

L'anziano barbone prese un libro e se lo rigirò fra le mani. Poi sollevò la testa e chiese:

– E voi, chi siete? Avete conosciuto la mia Rosy?

Beba fece una smorfia schifata.

– Questo qui – disse – è completamente rimbecillito. Ci farà solo perdere tempo.

Il vecchio si chinò con gran fatica e, afferrato un bastone, un semplice ramo di ontano ancora coperto di corteccia, fece qualche passo fino all'uscio della baracca.

– Oh, ne sono consapevole – borbottò, – la mia testa funziona poco e male, ma questa bambina è una rana dalla bocca larga.

Totty si mise a ridere e Beba, indispettita, gli diede una spinta e uscì.

– Non le badi – lo consolò Pippa, – la nostra compagna è stata educata male. Si crede chissà chi, ma non è cattiva.

– È cattiva, invece – ribadì il vecchio. – Conoscevo una che aveva i suoi stessi occhi. Ma voi, sapete dov'è la mia Rosy?

– Le abbiamo portato anche del cibo. Guardi qua: latte a lunga conservazione, succo di pera e di arancia, budino al cioccolato – sussurrò Pippa dispiaciuta perché il barbone era diventato molto triste.

Lui si girò di scatto e, nella penombra, i suoi occhi quasi scintillavano. Fece un sorrisetto e zampettò verso un angolo della baracca. Posò il bastone e cominciò a frugare in un mucchio di stracci. Gli tremavano le mani.

Continuò a raspare per un tempo che ai bambini sembrò un'eternità poi sollevò verso di loro un cartoncino spiegazzato.

– Ecco, guardate. Questa è la mia Rosy. La conoscete? Sapete dove si trova?

Totty allungò una mano per afferrare il cartoncino ma il vecchio lo bloccò.

– No! – disse. – Solo guardare, niente toccare.

I bambini si avvicinarono e videro una foto in bianco e nero. C'erano quattro barboni intorno a un bidone nel quale era acceso un fuoco. Erano vestiti con cappotti rattoppati e sciarpe lacere e arrostivano una salsiccia ciascuno, infilata in uno stecco. Per terra c'erano un paio di bottiglie di vino e molte cartacce. Lo sfondo mostrava il lato sinistro del fiume e un pezzo di città irta di grattacieli.

– Vedete? – chiese il vecchio mostrando con l'unghia ricurva uno dei quattro barboni.

I bambini si avvicinarono il più possibile alla foto. La figura che il vecchio indicava apparteneva, con tutta evidenza, a una donna. Da sotto il berretto, spuntavano lunghi capelli intrecciati; una gonna, più lunga del cappotto, le sfiorava le caviglie. Con una mano teneva uno stecco con infilata la salsiccia, con l'altra faceva un segno verso il fotografo come per cacciarlo via.

– È una signora – borbottò Totty.

– Hai ragione, lei è una vera signora. La mia Rosy Acchiappanuvole. Sapete, l'ho perduta, non so dove sia andata a finire. Se proprio volete farmi un regalo, aiutatemi a ritrovarla – mormorò il barbone vacillando.

– Chi ha scattato la foto? – chiese Pippa.

– Uno di quelli che vanno in giro a cercare qualcosa da mettere sui giornali. Mi portò una copia della foto e, se non ricordo male, un bottiglione di vino rosso. Sai, la mia testa si sbaglia quando tenta di ricordare cose successe da poco, ma il passato è tutto dentro qui, chiaro e presente in ogni momento. Ma voi, chi siete? Avete visto la mia Rosy?

La testa di Beba fece capolino nella baracca.

– E allora? Avete finito la conversazione? Qui c'è una puzza spaventosa e io voglio tornare a scuola.

Il barbone si accasciò e cominciò a piangere come un neonato. Etan e Pippa tentarono di calmarlo battendogli sulla spalla ma lui sembrava inconsolabile.

– Cattiva! – disse Totty in direzione di Beba.

– Idiota – rispose lei con voce glaciale.

– Basta così – ordinò Bobby. – Totty, lasciala perdere. E tu, Beba, risparmiaci il tuo veleno. Guarda che, se avrai fortuna, diventerai una vecchia rimbambita anche tu.

Il barbone si calmò all'improvviso. Afferrò la mano di Pippa e le chiese:

– Vuoi aiutarmi?

– Che cosa devo fare?

– Trovare le lettere di Rosy. Nelle lettere ci sono le indicazioni per scoprire dov'è finita. Lei me le ha rubate, ma devono essere ancora là.

– Là dove?

– Nella sua scuola.

– Quale scuola?

– Basta così! – urlò Beba lacerando la tenda di plastica. – Dobbiamo tornare. È tardi.

Il barbone si accasciò per terra e ricominciò a frignare.

Totty e Bobby lo aiutarono a rialzarsi fulminando la compagna con uno sguardo inferocito. Beba scrollò le spalle. Il vecchio si calmò a fatica. Ora appariva esausto, sfinito dalle emozioni.

– Le nuvole… le nuvole… – balbettava, – lei si metteva ai bordi del fiume e le prendeva… al volo.

– Un'altra sciroccata peggio di lui – disse Beba.

– Smettila! – gridò Pippa.

Beba sorrise e sparì.

– Ti aiuteremo a trovare la tua Rosy – promise Totty seriamente, – torneremo qui domani. Va bene? Ma non piangere più e riposati.

Il barbone aveva già chiuso gli occhi e si era assopito.

– Hai fatto male a promettergli aiuto – disse Bobby a suo fratello. – Ora questo poveretto si farà chissà quali illusioni.

– Domani non ricorderà più niente, dimenticherà noi e la nostra promessa – sussurrò Etan scuotendo il capo.

– Ma noi non dimenticheremo. E una promessa è una promessa: dobbiamo mantenerla. Domani torneremo e faremo qualcosa – dichiarò Pippa incrociando le braccia.

Tre

La mattina seguente, il tempo era cambiato. Nubi basse e plumbee si rincorrevano sopra la città di New York, sospinte da un vento freddo. Merli e conigli si erano messi al riparo, l'acqua del fiume spumeggiava trascinando con sé immondizie e detriti. Non pioveva, ma il cielo prometteva di aprire le cateratte da lì a poco. I cinque bambini si ritrovarono nell'atrio della scuola rabbrividendo.

– No e poi no – protestava Beba ad alta voce, – non ho nessuna intenzione di seguirvi.

– Il gruppo deve restare unito, è la regola – disse Pippa.

– Non mi importa niente delle regole.

– Abbiamo promesso di aiutare il vecchio barbone – replicò Totty.

– Voi avete promesso, io no. Rimarrò qui. Devo andare in palestra a esercitarmi e poi ho un mucchio di compiti da sbrigare.

Etan guardò fisso Pippa che annuì. Allora tirò fuori di tasca un telefono cellulare.

– Ieri ho registrato certe paroline che hai detto.

Se non verrai con noi, le farò sentire ai professori. "Sei brutto, sudicio e maleducato" e poi "questo qui è completamente rimbecillito", infine "idiota". Quest'ultima gentilezza si riferiva a Totty, se non sbaglio.

Beba s'inviperì e tentò di strappare il cellulare al compagno. Era una bambina molto forte perché faceva tantissima ginnastica ma Etan, con una mossa veloce, si infilò il telefono dentro ai pantaloni e si mise a ridere.

– Prendilo, se hai il coraggio – ghignò.

– Spione maledetto! Caccola infima! Topo di fogna! – urlò Beba ma, in quel mentre, ecco spuntare dal fondo dell'atrio la testa lucente del professor Archibald Becther.

La bambina ammutolì, ma era talmente furiosa che si sarebbe potuto cuocere un uovo posandolo sulla sua fronte.

– Stai bene, cara? – le chiese Archibald.

Stringendo i denti, lei rispose che stava benissimo.

– Stiamo tornando a intervistare i barboni, signore – disse Bobby.

– Bravi bravi, ma siate accorti perché minaccia di piovere. Mettetevi un impermeabile, mi raccomando!

Era consuetudine, in quella scuola, di lasciare gli allievi liberi il più possibile di fare esperienze anche negative per favorire la loro autonomia e capacità decisionale.

I bambini, compresa una Beba furibonda, indossarono un impermeabile azzurro e raggiunsero la darsena. Il vento ostacolò la barca che si staccò a fatica dal molo ma, quando il motore fu avviato, il natante puntò sicuro verso il centro del fiume e, seguendo la corrente, si diresse verso il ponte di Brooklyn. Approdarono contro il piccolo molo di legno fradicio e raggiunsero le baracche sotto ai piloni. Fuori non c'era nessuno, nemmeno il cane nero, e qualcuno aveva ritirato gli stracci appesi ad asciugare. Il luogo appariva ancora più desolato e grigio del giorno prima. L'umidità strisciava dentro gli abiti e penetrava nelle ossa.

Il gabbiano con la collana, appollaiato su una pietra, lanciò il suo stridulo richiamo e volò via. Sulla striscia fangosa lungo il fiume c'erano le carcasse di due topi, il copertone di una bicicletta, una poltiglia di giornali vecchi e un ramo contorto levigato dall'acqua. L'odore di marcio prendeva alla gola. Come si poteva vivere in un posto simile?

Questa volta Beba rimase muta perché si era ripromessa di non scambiare più una parola con i suoi compagni.

Mentre si avviavano verso la baracca del barbone anziano, meditava la sua vendetta e niente le sembrava abbastanza crudele per regolare i conti con loro.

C'erano veleni che facevano morire lentamente, fra dolori atroci, impossibili da rilevare con un'autopsia, oppure taniche di benzina da versare addosso ai malcapitati per poi aggiungerci un semplice fiammifero.

C'erano minuscoli serpenti che uccidevano in mezzo minuto e che si potevano tranquillamente comperare in modo anonimo su internet.

E che dire dei vermi masticatori? Sarebbe bastato procurarsi le loro uova e metterle nella minestra di quei disgraziati. Una volta raggiunto l'interno del loro corpo, i vermi si sarebbero annidati nei muscoli, cuore compreso e, voraci com'erano, avrebbero divorato i suoi compagni dall'interno.

Ma la morte non era la cosa peggiore. Se fosse riuscita a farli cacciare dalla scuola, allora sì che avrebbero sofferto le pene dell'inferno per tutta la vita. Quei pensieri la consolavano un poco.

La tenda che fungeva da porta era la stessa del giorno prima e pendeva lacerata in due brandelli che sventolavano con un "ciac! ciac!" fastidioso. Il barbone era avvolto negli stracci e dormiva ma, quando i bambini entrarono, si sollevò a sedere e li guardò come se non li avesse mai visti.

– Chi siete? Che volete? Io sono povero – si lagnò.

– Non si ricorda di noi, signore? Ieri le abbiamo portato il cibo e dei libri. Siamo tornati per mantenere la nostra promessa: vogliamo aiutarla a rintracciare Rosy – disse Pippa.

Nell'udire quel nome, le guance del poveretto si accesero di un rosso febbrile ed egli si alzò in piedi. Totty fu svelto a porgergli il bastone dopo averlo raccolto da terra.

– Rosy! Voi sapete dov'è?

– No, signore, non lo sappiamo ma, se riusciamo a recuperare le lettere che le ha scritto...

Il barbone s'illuminò in viso, frugò tra gli stracci, prese un cappotto rattoppato, se lo infilò e ordinò:

– Andiamo!

Uscì a una velocità inaspettata e si diresse verso il molo con il bastone che lasciava dei buchi profondi nel fango, mentre le impronte delle sue scarpe (un paio di scarpe da ginnastica dal colore indefinito) erano quasi invisibili.

– Pesa pochissimo, poveraccio. È tutto consumato – sussurrò Totty rivolgendosi a suo fratello.

Giunto sul bordo del fiume, il vecchio guardò nell'acqua e si mise a piangere. I bambini, costernati, videro che indicava verso est con un dito deformato dall'artrite. C'era la barriera del fiume di fronte a lui, con l'acqua sudicia e profonda che scorreva lenta e lucida come l'olio. Il vento ne increspava appena la superficie e, laddove l'acqua si scontrava contro l'ostacolo dei piloni, si formava una spuma biancastra e malsana.

– Non pianga – lo consolò Pippa – perché abbiamo una barca. Se deve andare laggiù, la porteremo noi.

Beba sputò dentro l'acqua e poi si rassegnò a seguirli.

Totty e Bobby sorressero il vecchio lungo il breve cammino verso il molo. Poi lo aiutarono a scendere nella barca e a mettersi seduto. Sembrava alquanto confuso, probabilmente non ricordava più dove lo stavano conducendo, ma era docile e attonito.

Etan gli si mise accanto, cercando di stare il più possibile lontano dall'acqua. Pippa avviò il motore e l'imbarcazione iniziò a ridiscendere l'East River.

A causa del vento, ogni tanto scartava di lato, avvicinandosi alla riva. Passarono sotto al ponte e il rumore del traffico diventò assordante.

Dopo mezzo chilometro, il fiume si allargò. Lungo le due rive ora c'era un muro di contenimento dell'acqua che formava un alto argine con alberi e lampioni, ma nessuno ci passeggiava sopra, con quel vento peloso che friggeva le orecchie. Il muro era crivellato da fori e da passaggi chiusi da grate, alcuni sommersi a metà, dove sfociavano i canali sotterranei per il deflusso delle acque e delle fogne.

Beba se ne stava seduta a poppa con le braccia incrociate, in perfetto equilibrio e osservava con fare sprezzante i suoi compagni, Etan in particolare, perché era con tutta evidenza a disagio.

L'acqua lo spaventava e lei capiva quanto fosse debole il compagno. Si sentiva perciò orgogliosa di potere, se avesse voluto o se fosse stato necessario, attraversare a nuoto il fiume e raggiungere la riva. Un sorriso ambiguo le deformò il volto mentre pensava a come sarebbe stato entusiasmante rovesciare la barca per veder annegare Etan e il lurido vecchio seduto accanto a lui. Se solo non ci fossero stati gli altri!

Cominciarono a cadere le prime gocce di pioggia, rade ma aspre come frammenti di ghiaccio. Pippa cercò un telo impermeabile e lo avvolse intorno alla testa e al corpo del barbone.

– Forse è il caso di ritornare indietro. Potremmo mantenere la nostra promessa quando tornerà il sole – disse Etan.

– Non piove forte, sono solo quattro gocce – rispose Bobby.

Il vecchio, che era rimasto seduto buono buono, si alzò a un tratto facendo sbilanciare la barca.

– Ehi! Non fare così – lo rimproverò Etan tirandolo per il cappotto. Ma lui, con un'espressione agitata e con gli occhi brillanti, rimase in piedi indicando un punto preciso del muro.

– Laggiù! Laggiù! – gridò con voce roca e mostrava il muro sporgendosi pericolosamente.

– Calmati, ora mi avvicino – gli disse Pippa.

Guidò la barca verso la direzione che il vecchio indicava. Quando furono vicini al muro, videro un buco coperto da una grata, un passaggio oscuro dal quale soffiavano sbuffi di vento gelato.

– Lì! – esclamò il barbone.

– È solo un canale fognario – disse Pippa perplessa. La grata era socchiusa e cigolava sbattuta dal vento.

Il passaggio appariva alto a sufficienza perché i bambini potessero entrarci rimanendo in piedi ma nessuno di loro si sarebbe mai sognato di avventurarsi dentro a un simile budello buio, puzzolente e scivoloso. La barca era molto vicina al muro; Pippa, seduta a prora, avrebbe potuto toccare la grata allungando un braccio, ma quella griglia coperta di ruggine aveva un che di orrendo e di minaccioso.

Etan riuscì a far sedere di nuovo il barbone accanto a sé ma, in quel mentre, uno scroscio di pioggia si abbatté sulla città, sul fiume e sulla barca con una violenza spaventosa, accecandoli.

– Accosta! Pippa, accosta! – urlò Etan terrorizzato.

Pippa ubbidì.

Totty fece del suo meglio per legare la barca alla grata con un nodo perfetto ma fu un'impresa faticosa perché il vento li sbatacchiava di qua e di là e la barca strideva e vacillava quando colpiva il muro.

– Entriamo nel tunnel – disse Totty che era rimasto abbastanza calmo.

– Neanche morta – rispose Beba ritrovando la voce.

Un fulmine si scaricò nell'acqua poco lontano da loro e li avvolse con una fiammata bianca. Subito dopo, il tuono esplose con un fragore da fine del mondo.

Ci vollero pochi minuti perché tutti e sei si ritrovassero, fradici e infreddoliti, dentro il tunnel. Etan era entrato per primo e aveva portato con sé il barbone, aiutato da Bobby che aveva spinto il vecchio da dietro.

Rimasero lì, a guardare il fiume che si gonfiava e la pioggia fittissima, sospinta sulle acque dal vento in enormi cortine grigie.

– Il diluvio universale – balbettò Etan.

Ora la grata si apriva e si chiudeva aggiungendo altro fracasso al rumore del temporale e la povera barca, ormai quasi colma d'acqua, piegata su un lato, era spinta con violenza dal vento di qua e di là. Infine, la corda che la legava si spezzò e l'imbarcazione fu trascinata via dalla corrente impetuosa.

– Buonanotte – disse Totty.

Quattro

Poi successe una cosa terribile: il fiume cominciò a crescere. L'acqua saliva sempre più e raggiunse l'imboccatura del cunicolo. Spire di liquido verdastro serpeggiarono all'interno e tutti si ritrovarono con i piedi a bagno.

– Faremo la fine del topo! – strillò Beba.

Si girarono a guardare l'interno del tunnel senza vederne la fine. La luce penetrava fino a un certo punto e poi iniziava l'oscurità. La pioggia non smetteva e l'acqua saliva, arrivava ormai alle loro ginocchia. Etan tremava come un budino di gelatina.

– Presto, scappiamo! – gridò Pippa. – Con tutta probabilità, il canale è in salita e l'acqua non ci raggiungerà.

Bobby e suo fratello afferrarono il barbone sotto le ascelle, uno da una parte, l'altro dall'altra, e lo costrinsero ad addentrarsi nel tunnel. Il vecchio si faceva trascinare piagnucolando.

– Più presto! – gridò Pippa perché l'acqua li aveva sommersi fino alla vita.

Il buio si infittiva mentre l'imboccatura del passaggio diventava sempre più piccola e lontana. Per fortuna, l'ipotesi della bambina si rivelò corretta, infatti il tunnel cominciò a salire e l'acqua a scendere. Quando non ne poterono più, furono costretti a fermarsi con il fiatone e con il cuore in gola. Da bambini intelligenti quali erano, tutti avevano con sé una torcia elettrica. La accesero e la puntarono nell'oscurità. Adesso il cunicolo era molto largo e saliva ancora. Le pareti non erano più di cemento, ma di vecchi mattoni.

– Mattoni fatti a mano. Vedete come sono irregolari? Nessuno è uguale all'altro – disse Pippa.

– Sai che cosa m'importa dei mattoni? Un fico secco. Voglio solo ritornare a scuola al più presto – protestò Beba.

– I mattoni sono importanti, invece. Bisogna studiare con attenzione i luoghi sconosciuti per comprendere come uscirne – disse Etan.

– È vero – approvò Bobby, – stiamo camminando nella parte più antica di New York, dentro le vecchissime fogne costruite nei primi anni del 1700 dagli inglesi che avevano da poco strappato la città agli olandesi.

– Le fogne della nostra città sono un vero e proprio labirinto sotterraneo. Quello progettato da Dedalo per Minosse, il re di Creta, era un milione di volte meno grande e meno intricato – affermò Totty, felicissimo di aver ricordato a perfezione una lezione di mitologia greca, anche se da uditore.

Beba gelò il suo entusiasmo.

– "Un milione di volte meno grande e meno intricato" – lo canzonò. – Tu usi la matematica come se fosse un'opinione. Nessuno sa quanto fosse grande il labirinto di Cnosso...

– Beba, dacci un taglio! – la rimproverò Bobby.

La bambina avrebbe voluto replicare ma, a una svolta, si ritrovarono all'improvviso in uno stanzone enorme, dalle volte altissime e curve. L'acqua scorreva lungo un canale con un marciapiede ai lati. Nelle pareti si aprivano innumerevoli gallerie, da cui soffiavano venti tiepidi o freddi, ma sempre puzzolenti e disgustosi.

– Il respiro del demonio... – sussurrò il barbone.

I bambini si sentirono agghiacciare. Il vecchio, che fino a quel momento era apparso intontito e assente, si guardava intorno con attenzione. I suoi occhi erano accesi e vivaci.

– Il nonno è risorto – disse Beba sarcastica.

Il barbone costeggiò una parete a brevi passettini saltellanti. Toccava il muro, guardava di qua e di là, sembrava riconoscere il posto. La luce delle torce, che si allungava nell'oscurità in fasci abbaglianti e polverosi, illuminava aperture e porte serrate, feritoie al livello del pavimento da cui proveniva il gorgoglio dell'acqua e lo squittire dei topi, cavi penzolanti come corde di forca, mucchi di rifiuti e animaletti che fuggivano così veloci da risultare irriconoscibili. Al centro del pavimento, le acque reflue scorrevano viscide e fetide e i bambini badavano che il vecchio non ci cadesse dentro. Ma lui avanzava sicuro, borbottando fra sé e sé finché non si fermò di fronte a una porta di ferro arrugginito.

– Ecco! – esclamò, – questa è la strada.

Bobby posò le mani contro il battente e spinse. Con un rumore straziante, la porta si aprì quel tanto che bastava per farli passare. Entrarono in uno stanzino nel quale erano buttati alla rinfusa mobili sfasciati e stracci ammuffiti. Puntarono le torce su un brulichio di topi che fuggirono da tutte le parti.

– Che schifo! – esclamò Beba.

– Non è una strada, ma un vicolo cieco – mormorò Pippa esplorando con la torcia il pavimento e le pareti della stanza.

I muri di cemento erano compatti, non c'erano porte né altre aperture. In più, la puzza risultava soffocante.

Etan si ricordò del telefonino e provò a usarlo per mettersi in contatto con il 911, il numero unico di emergenza, ma lì sotto non c'era campo.

– E la batteria è quasi scarica. Tra un paio di minuti, il telefonino sarà inutile – brontolò.

– Il vecchio è inaffidabile. Lasciamolo qui e andiamo a cercare aiuto – disse Beba.

– Sei un'irresponsabile – la rimproverò Totty e lei gli fece la linguaccia.

Il barbone afferrò il braccio di Bobby e, indicando qualcosa sul soffitto, balbettò con voce rotta:

– La botola...

Il bambino diresse il fascio di luce in alto e, in effetti, nel soffitto si apriva una botola spalancata, con il coperchio che pendeva attaccato a un unico cardine.

Tutti rimasero in silenzio. Avrebbero dovuto arrampicarsi fin lassù? Il soffitto non era molto alto, un metro, sessantadue centimetri e sette millimetri, calcolò velocemente Pippa, ma sarebbe stata comunque necessaria una scala. Be', gli allievi della **SPPG** non sono geni per niente. Si guardarono l'un l'altro e Beba gridò:

– Non ci pensate nemmeno!

Senza risponderle, cominciarono a tastare i mobili per scegliere i più robusti. Erano banchi di scuola, sedie e scrivanie, tutti molto antiquati. I banchi avevano ancora il buco nel quale un tempo si infilava il calamaio per l'inchiostro. Trascinarono una scrivania sotto la botola e poi vi misero sopra una sedia.

– E adesso, Beba, tu salirai per prima. Sei l'esperta di ginnastica e di equilibrio corporeo – affermò Pippa.

– Non ci penso nemmeno! – rispose la bambina incrociando le braccia.

– Hai paura, vero? – le disse Totty ridendo.

Totty non era bravo a scuola ma conosceva molto bene le debolezze umane. Beba lo guardò sprezzante, alzò le braccia, fece la ruota, poi due capriole in aria che la portarono, lieve e sicura, in piedi sopra la scrivania. Salì sulla sedia e, senza nessuno sforzo, con un salto si proiettò nella botola, si affacciò e gridò:

– Visto? C'è qualcun altro che pensa che io abbia paura?

– Ora aiutaci a salire – la invitò Etan.

Beba valutò la possibilità di chiudere la botola e di lasciarli marcire laggiù, ma non le conveniva. Sarebbe rimasta completamente da sola in un labirinto senza fine, con pochissime possibilità di uscirne. Aiutò dapprima Pippa afferrandole una mano in modo svogliato e, insieme a lei, tirò su Etan.

Bobby e Totty fecero molta fatica a issare il barbone sulla scrivania e poi a metterlo in equilibrio sulla sedia. Il vecchio collaborava con lo stesso entusiasmo di un sacco di patate.

– Ora alza le braccia – gli dissero, ed egli ubbidì tremando.

Etan e Pippa lo afferrarono e lo tirarono su. Pesava come un bambino di sette anni, ma fu ugualmente faticoso sollevarlo e metterlo in salvo. Bobby si arrampicò e suo fratello lo seguì, ma la sedia si rovesciò e cadde dalla scrivania.

– Non va bene. Se dovessimo tornare indietro, saremmo costretti a saltare e il vecchio non ce la farebbe – brontolò Pippa.

Alzò la torcia e scoprì di trovarsi in uno stanzone quasi vuoto a parte nella parete in fondo, dove c'era una specie di cattedra polverosa, simile a un trono, posta su una pedana. Sui muri c'erano degli affreschi sbiaditi che raffiguravano finestre aperte su un cielo cosparso di nuvole. Quell'imitazione maldestra del mondo esterno rendeva il luogo ancora più triste e claustrofobico.

Tra una finestra finta e l'altra, pendevano brandelli di carte geografiche rosicchiate dalle tarme. Gettati alla rinfusa sul pavimento, c'erano quaderni gonfi di muffa, antiquati libri di testo con le copertine illeggibili, fogli sparsi e disegni infantili tracciati con mano incerta e colori cupi.

– Questa sembra quasi un'aula scolastica – mormorò Etan.

– Non è possibile. Non sono mai esistite scuole nelle fogne di New York, le ho studiate – rispose Pippa.

Maestra
Io adoro
la Maestra
Io adoro

– Eppure, questa sembra proprio una scuola – obiettò Totty.

– Era una scuola e io ci lavoravo come bidello – disse il barbone con una vocina chioccia.

– Taci, sciroccato! – gridò Beba. Ma il vecchio cominciò a frugare con ansia in mezzo ai quaderni pronunciando sottovoce il nome di Rosy.

I bambini, Beba esclusa, furono presi dalla curiosità e si misero a raspare anche loro, aprendo pagine umide ricoperte da scritture diverse e incerte, tracciate con l'inchiostro e il pennino.

– I quaderni sono pieni di *pensi* – disse Pippa.

– Vuoi dire pieni di pensieri – obiettò Bobby.

– No, voglio proprio dire *pensi*. Sono i castighi scritti che, un tempo, le maestre assegnavano ai bambini. Frasi ripetute molte volte al fine di ricordare le regole scolastiche.

– Davvero? Le maestre davano simili punizioni? Se questa era una scuola, frequentarla doveva essere spaventoso. È terribile! – esclamò Totty.

Il barbone a un tratto si accasciò per terra, stanco e scoraggiato. In mezzo a tutta quella carta, non aveva trovato ciò che andava cercando con tanta ansia. Buttato sul pavimento, sembrava anche lui un mucchietto di immondizia finita nelle fogne. Ormai, l'unica cosa da fare era uscire da lì.

– Porteremo questo signore con noi e i nostri insegnanti ci aiuteranno a trovargli una sistemazione – disse Totty.

– Io lo lascerei qui. È abituato, lui, a vivere in mezzo ai rifiuti – affermò Beba. Ma nessuno le badò. Erano stufi delle sue provocazioni.

Lo stanzone aveva un unico accesso con un uscio socchiuso e i bambini uscirono da quello per ritrovarsi in un lungo corridoio buio.

– Ho capito dove ci troviamo. Calcolando le distanze e consultando la mia mappa mentale della città terrestre e sotterranea, sono sicura che stiamo camminando nel sottosuolo del Bidibibù. È un grattacielo molto vecchio, risalente agli anni sessanta. Una volta, al piano più alto, c'era un'istituzione famosa, la Scuola per Bambini Privilegiati, se non sbaglio. Adesso la scuola si è trasferita e il grattacielo è completamente abbandonato. Era stato acquistato da una società che voleva restaurarlo, ma qualcosa è andato storto. La società è fallita e il grattacielo è rimasto chiuso da allora – spiegò Pippa.

Percorsero il corridoio fino a raggiungere la porta di un ascensore.

– Un altro vicolo cieco – sospirò Etan.

– Non è detto. Proviamo a vedere se l'ascensore funziona – disse Pippa.

– Non c'è corrente. Come puoi pensare che si metta in moto? – chiese Beba stizzita.

– Tentar non nuoce.

Pippa aprì la porta dell'ascensore ed entrò nella cabina. Anche lì c'era puzza di fogna e l'aria era soffocante.

– Dai, ragazzi. Venite dentro. Se non funziona, pace.

Si stiparono nel minuscolo abitacolo, stretti l'uno contro l'altro, con Beba che tentava di evitare, senza riuscirci, la vicinanza del barbone. Pippa chiuse la porta e premette il pulsante di risalita. Non successe niente.

– Che cosa vi avevo detto? Questo trabiccolo non funziona. Manca la corrente – disse Beba e tentò di aprire la porta.

Per quanti sforzi facesse, per quanto spingesse con l'aiuto di Bobby, la porta rimase chiusa.

– Siamo in trappola! Brutta balorda, è colpa tua! – urlò Beba rivolgendosi a Pippa.

Ci fu un eterno minuto di silenzio tombale. Poi l'ascensore subì una scossa che lo fece vibrare e scricchiolare come un antico scheletro. Tra gemiti e stridori, si mise in moto e iniziò a salire.

Cinque

I bambini strillarono quando l'ascensore si fermò con un botto e dal quadro comandi sprizzarono scintille.

La porta si aprì a metà e gli occupanti poterono uscire solo uno alla volta. Si trovavano ora in un vasto locale che riceveva luce dall'alto perché il tetto era di cristallo. Un cristallo opaco e incrinato, come se un'immensa ragnatela fosse distesa sopra di esso. Gocce d'acqua piovana penetravano lente dalle crepe e bagnavano il pavimento alla veneziana.

– Sembra di stare in un acquario – disse Totty.

– Guardate qui – li invitò Pippa mostrando una targa dorata appesa a una parete. – "Scuola per Bambini Privilegiati". Siamo arrivati all'ultimo piano del Bidibibù. Per uscire dobbiamo ridiscendere.

– A piedi, però – disse Etan che, al pari degli altri, non aveva nessuna intenzione di fare un nuovo giro in ascensore. Era molto seccato perché la batteria del suo telefonino era ormai del tutto scarica.

C'erano molte porte lungo i muri, ciascuna con una targhetta dalla scritta illeggibile.

Su una, tuttavia, videro un piccolo schermo che a un tratto si accese di una luce rossastra. Erano parole che lampeggiavano e che dicevano:

– Sono lettere greche – disse Pippa.

– Non mi piacciono per niente quei caratteri diabolici – rabbrividì Totty.

– Oh, pappamolla! Di che cosa hai paura? C'è scritto "prego, entrate". È un invito e io ho intenzione di accettarlo perché voglio una tazza di tè e dei biscotti, possibilmente alle mandorle – dichiarò Beba. Posò la mano sulla porta ed essa si aprì silenziosamente. I bambini e il barbone entrarono in una stanza avvolta nella penombra e percorsa da fasci e da punti di luci colorate. Quando l'ultimo di loro fu dentro, la porta si chiuse di scatto. Bobby e Totty provarono nello stesso tempo il medesimo sentimento di panico e tentarono invano di riaprirla. L'uscio non aveva maniglie ed era spesso come la porta del caveau della Banca Nazionale.

Le luci si accendevano e si spegnevano oppure si allungavano in fasci fluorescenti color sangue infetto, viola luttuoso, carminio degenere, verde marcio, giallo colera. Colori malvagi, da brivido. E appunto, i bambini rabbrividirono; tutti meno Beba, che rimase indifferente anche quando il barbone gettò un alto grido di terrore.

Le luci venivano da una consolle stipata di computer, con una lunga tastiera nera piena di comandi sconosciuti e da una lavagna interattiva multimediale che occupava l'intera parete.

Una persona era seduta di fronte alla consolle girando loro le spalle. Tra la ridda di colori malsani e la penombra della grande stanza, i bambini intravidero una testa deformata da un groviglio di capelli, acconciati in una massa serpentiforme e indurita dalla lacca. La persona si alzò in piedi, si girò e i bambini decisero che era di genere femminile anche se non se la sentivano di definirla propriamente "una donna". Avvolta in un grembiule nero e scricchiolante, ossuta, con gli occhi nascosti dai capelli, con in mano una bacchetta di metallo, sembrava...

– Sembra una delle streghe del Macbeth – sussurrò Pippa nell'orecchio di Etan. La bambina amava moltissimo le tragedie di Shakespeare e ne conosceva parecchie a memoria.

– È una maestra – mormorò Totty, molto meno colto dei suoi compagni, ma capace di riconoscere l'evidenza.

– **Sì!** – gracchiò la donna. – Io sono una **Maestra**, più esattamente sono l'unica, irripetibile **Maestra Tramsù!** E il mio nome si pronuncia con la lettera maiuscola. Capito?

I bambini esterrefatti risposero *sì* senza accorgersene. La donna si avvicinò ed essi, d'istinto, si appiccicarono con le spalle al muro. Ma la Maestra non era interessata ai bambini, almeno per il momento. Si erse di fronte al barbone e gli disse:

– **Finalmente** sei tornato, vecchio bacucco. E mi hai anche portato selvaggina fresca con la quale potrò **finalmente** sperimentare i miei nuovi metodi didattici. Sono anni che ti aspetto.

Il barbone la guardò con occhi vacui e borbottò:

– Ma le nuvole… tu non sai come sono… La primavera è la stagione migliore. Tutti presenti! Io… amo gli animali.

La Maestra avvicinò il viso a quello del vecchio e lo annusò.

I bambini sentirono chiaramente l'aria che penetrava nelle sue narici dilatate producendo un sibilo serpentino.

– Ah! Ti è girato il boccino, vero? Non ci stai più con

la testa, vecchio bacucco. Eppure hai saputo renderti utile. Finalmente mi hai portato degli allievi per la mia nuova scuola per bambini rammolliti. Qui è tutto automatico, non mi serve un bidello. Perciò ora ti riposerai finché non avrò deciso se e come utilizzarti.

La Maestra Tiramisù si avvicinò alla consolle e schiacciò un pulsante. Nel muro si aprì una porta invisibile e ne uscì un robot a forma di uovo, con quattro braccia metalliche e mani come pinze. Scorrendo in silenzio sul pavimento, sollevò il barbone per la collottola e lo portò via.

– Dove lo conduce? – chiese Pippa furibonda.

– In una comoda celletta con letto, televisione e bagnetto – rispose la Maestra ridacchiando.

– Questo è sequestro di persona! – urlò Bobby.

– E smettila, Bobby. Che se lo tenga pure, quel povero rincitrullito. Non lo sopporto più! – strillò Beba.

La Maestra sorrise, se si può chiamare sorriso un ghigno che le sollevava solo un lato della bocca.

– Brava bambina. Tu mi piaci e penso che andremo d'accordo. Ora preparatevi, tra un attimo inizia la prima lezione.

E, schiacciato un altro pulsante, ecco apparire un altro robot che approntò cinque banchi con sopra cinque computer con tanto di schermo, tastiera e stampante.

– Suvvia, prendete posto – ordinò dolcemente la Maestra.

– Neanche per sogno. Lei non ha nessun diritto su di me e io non sono tenuta a ubbidirle – affermò Pippa.

La Maestra Tiramisù sembrò allora molto felice. Si avvicinò alla bambina e la guardò in faccia. Pippa intravide, fra le spire brune dei capelli aggrovigliati, occhi color rubino, ed ebbe l'impressione di osservare la lava di un vulcano da due fessure nella roccia.

– Grazie, piccina – disse. – Mi hai dato l'opportunità di spiegare come funzionano le punizioni nella mia scuola. Ora, quando insegnavo nei meravigliosi sotterranei del Bidibibù, punivo i bambini riottosi e maleducati con dei magnifici *pensi* che mettevano a dura prova la loro resistenza fisica e mentale. Oppure li terrorizzavo infilandoli nella botola. Purtroppo, ciò mi costò molto caro perché fu appunto attraverso le botole che i miei allievi scapparono, rendendo di fatto inutile il mio perfetto insegnamento. Io però imparo facilmente dagli errori, perciò ho escogitato una punizione esemplare ma a zero rischi. Per me, s'intende.

I bambini non avevano idea di cosa aspettarsi. Non sapevano, poveretti, che la Maestra Tiramisù, nel corso degli anni trascorsi ad allestire il suo nuovo istituto scolastico sul tetto del grattacielo, aveva fatto una scoperta entusiasmante. Sul cornicione avevano infatti nidificato due avvoltoi provenienti dall'India. Gli esemplari di questi uccelli, ormai in via di estinzione, erano stati portati in America per essere esposti nello zoo di New York. Erano riusciti a fuggire dalle loro gabbie a causa della distrazione di un guardiano e si erano ambientati benissimo in città, dove potevano sfamarsi con carogne e rifiuti scendendo al fiume. Si erano costruiti un nido e avevano figliato.

La Maestra Tiramisù se li era fatti amici risparmiando loro la fatica di procurarsi da mangiare e adesso disponeva di sette esemplari perfetti, combattivi, feroci e fedeli. Perciò, quando ebbe schiacciato un altro pulsante, una tenda si sollevò, si aprì una finestra e lei batté una volta le mani.

Sul davanzale apparve un avvoltoio che si appollaiò aspettando ordini. La testa e il collo dell'uccello erano grigistri e privi di piumaggio. Gli occhi apparivano tondi, neri e imperscrutabili. Sulla gola aveva un collare di piume bianche mentre il resto delle penne era bruno. Le sue zampe erano possenti, ma i bambini notarono che gli artigli erano molto più adunchi e lucenti di quelli di un avvoltoio normale.

– Uhm... – disse la Maestra, – sono stata costretta a rinforzare le sue unghiette con degli artigli di acciaio. Sapete, un avvoltoio...

– ... ha gli artigli tondeggianti, più adatti a camminare che ad afferrare una preda, considerato che si nutre di carogne – concluse Pippa.

– E brava, la mia sapientona. Dall'alto della tua intelligenza, avrai anche capito perché ho irrobustito i suoi artigli.

Pippa non seppe che cosa rispondere.

– Ebbene, lo capirai immediatamente.

La Maestra ridacchiò, indicò la bambina e fece uno strano verso. L'avvoltoio, fulmineo, si alzò in volo, afferrò gli abiti di Pippa dietro la schiena e la sollevò in alto.

– Mettimi giù! Mettimi giù! – strillava la bambina mentre i suoi compagni, sbigottiti e impotenti, osservavano la scena.

L'avvoltoio allargò le ampie ali scure e uscì dalla finestra volando. I bambini si misero a urlare.

Pippa, conscia di essere appesa nel vuoto tramite un impermeabile e una felpa, rimase immobile e, nonostante il terrore, riuscì a mantenere la calma. L'uccello fece un largo giro sopra ai grattacieli e la bambina vide in basso le auto e le persone che si agitavano come formiche. La pioggia cadeva ancora, fredda e fastidiosa, perciò l'avvoltoio si limitò a un unico giro di pochi minuti, ma questi le sembrarono eterni. Gli artigli le graffiavano la schiena e il vento la sbatacchiava come una bandiera.

L'uccello rientrò nel Bidibibù e la depositò ai piedi della Maestra. Pippa era scossa dai singhiozzi, ma si riprese subito. Non voleva darle la soddisfazione di piangere di fronte a lei. I suoi compagni le si fecero intorno per consolarla, solo Beba rimase in disparte, con un sorriso crudele sulle labbra.

– Ti è piaciuta l'escursione? – chiese la Maestra. – I miei avvoltoi da combattimento sono assolutamente sicuri e fedeli. Adesso, ragazzi miei, da bravi, mettetevi seduti al vostro posto. E nessuno mi chieda di andare al gabinetto.

La lezione era condotta attraverso i computer che la Maestra comandava dalla consolle. Etan, da grande esperto di informatica qual era, si rese subito conto che sarebbe stato molto difficile, se non impossibile, *craccare* il sistema per connettersi con il mondo esterno. A meno che non fosse riuscito a raggiungere la consolle dove stava il computer principale. Ma la vedeva dura.

La stanza era ripiombata nella penombra. I bambini si erano seduti al loro posto senza fiatare e ora guardavano lo schermo sul banco, percorso da saette verdastre.

Ad un tratto, la Lim si accese e apparve la fotografia di un ragno gigantesco, nero e peloso. Il ragno si moltiplicò sui piccoli schermi dei bambini e l'alta definizione permise loro di distinguere i peli uno per uno e gli occhietti malvagi di quella bestia immonda.

– Questa foto è tutto ciò che mi resta di Nicolino – disse la Maestra con voce affranta, – il mio grande amore nonché assistente intelligentissimo e sveglio. Purtroppo, nonostante sia vissuto quasi trent'anni, ora si trova nel Paradiso delle Tarantole, dove è pervenuto dopo una morte serena fra le mie mani.

I capelli dei bambini si rizzarono sul capo. Un ragno come assistente? Che maestra era mai quella? Fortuna che la bestia orrenda era defunta, anche se essi dubitavano molto che esistesse un simile Paradiso.

– Per molto tempo lo piansi – continuò la Maestra Tiramisù, – per molto tempo cercai invano un suo sostituto. Finalmente, girando il mondo alla sua ricerca, mi sono imbattuta in una splendida creatura. Capiamoci: non è intelligente come Nicolino, è pigro e si controlla molto meno del suo predecessore, però ricambia il mio affetto ed è assolutamente leale.

Così dicendo, la Maestra sollevò una gabbietta, la posò sulla consolle e la aprì.
I bambini inorridirono.

Sulla mano adunca della Maestra si arrampicò uno scorpione lungo diciannove centimetri e otto millimetri, come calcolò rapidamente Pippa.
Era lustro, nero e giallo, aveva le chele più piccole della coda, segno che era molto velenoso.
Il pungiglione si incurvava minaccioso sopra la schiena corazzata.

– È un incrocio fra uno scorpione gigante sudamericano e un butide della Cina – spiegò la Maestra, – quindi la sua puntura risulta assolutamente letale. Si chiama Michelino, ricordatelo bene. Già che ci siamo, la mia prima lezione di scienze verterà su *Vita, morte e miracoli degli scorpioni e affini*.

"Non voglio sapere che cosa siano gli affini" pensò Totty.

Sei

Bene o male, da uno dei computer provenne il suono di una campanella e la lezione terminò. La Maestra Tiramisù, tutta compiaciuta, annunciò che la mattina seguente avrebbe fatto una verifica per stabilire quanto erano stati attenti. La mattina seguente? Solo a quelle parole, i bambini si resero conto di essere prigionieri per davvero e che la loro prigionia sarebbe durata a lungo.

– Ora il mio bidello robot vi condurrà in mensa. Sarete affamati – disse la Maestra.

Era vero. I loro stomaci gorgogliavano: l'unico pasto che avevano fatto era stata la colazione, un milione di anni prima. E il barbone? Avrebbe avuto del cibo oppure la Maestra lo avrebbe lasciato morire di fame? Dove si trovava? Povero vecchio, così indifeso e incapace di intendere e di volere. In risposta a queste domande, poste solo con il pensiero, la Maestra aggiunse:

– A proposito di mensa, ho invitato il vostro amico sciroccato a mangiare insieme a voi e poi deciderò del suo destino.

Usando un piccolo telecomando, che apparve misteriosamente fra le sue mani, fece entrare un robot che aveva una vaga forma di scopa, due braccia snodate con le mani a pinza e una testa simile a un bicchiere rovesciato.

– Il bidello non vi aiuterà di certo a fuggire – affermò la Maestra fissando i suoi prigionieri attraverso la cortina di capelli arruffati – perché io so, con tutta certezza, che questo è il vostro unico pensiero e lo sarà nei giorni a venire, brutti ingrati che non siete altro!

Il bidello robot, chiudendo e aprendo le pinze, li sospinse fuori e li condusse in un bagno che aveva visto tempi migliori: i rubinetti gocciolavano acqua gelida e ferruginosa, i water erano incrostati di calcare e di altra innominabile materia.

A tutti scappava la pipì per cui non si formalizzarono troppo. Si lavarono le mani, se le asciugarono sui pantaloni, quindi il bidello robot li obbligò a entrare in un salone che, un tempo, doveva essere stato molto bello. Una parete era tutta occupata da vetrate così sporche che era quasi impossibile vedere l'esterno. Sul basso davanzale, che correva sotto a ciascuna vetrata, c'erano innumerevoli vasi da fiori ancora pieni di terra e di piante morte che il tempo aveva fatto diventare di un uniforme colore nerastro. Decine di tavoli corredati di poltroncine polverose erano sparsi in disordine dappertutto.

– È la sala mensa della Scuola per Bambini Privilegiati – sussurrò Etan.

– Peccato che sia così sporca e trascurata. Una volta doveva essere un ambiente elegante e lussuoso. A quanto sembra, la Maestra non si preoccupa molto dell'igiene. Potrebbe usare i suoi robot per fare pulizia – rispose Totty.

Il bidello robot li fece sedere attorno a un tavolo da sei posti, preparato con posate, bicchieri, tovaglioli di carta e due caraffe colme d'acqua, e poi vi accompagnò anche il barbone che sembrò non riconoscerli, ma che era in buone condizioni.

– Chi siete? – chiese infatti il povero vecchio. – Avete visto la mia Rosy?

– Smettila con questa tiritera – lo rimbeccò Beba.

In quel mentre, entrò la Maestra Tiramisù. Si era cambiata d'abito. Ora non indossava più il nero grembiule ma un tailleur color fumo di Londra, con i bottoni a forma di teschio. Intorno al collo si era avvolta un foulard che sembrava un boa constrictor.

Calzava stivaletti neri appuntiti, tempestati di borchie d'argento.

Prese posto a un tavolo sollevato su una pedana e diede ordine di portare le cibarie. Il bidello robot servì prima lei, con un antipasto a base di olive ascolane e gamberetti in salsa rosa. Poi furono serviti gli altri commensali.

– Per voi, piatto unico. Non vorrei che vi appesantiste – disse la Maestra.

I bambini si ritrovarono davanti un piatto pieno. Di che cosa? Non si capiva bene.

– L'odore è buono – disse Bobby.

– Sembra una frittura – aggiunse Totty.

– La frittura non è permessa nella nostra vera scuola – obiettò Etan.

La Maestra strinse i denti e grugnì:

– Adesso la vostra scuola è questa! Se non mangiate, ci penseranno i miei avvoltoi a farvi fare un giretto per conciliarvi l'appetito.

– Subito. Mangiamo subito, maestra – rispose Etan.

– Maestra Tiramisù! Con le lettere maiuscole, prego. E devi premettere "signora". Mi sono spiegata?

– Sì, signora Maestra – borbottò Etan arrossendo. Prese una forchettata di quel cibo sconosciuto e se la infilò in bocca masticando con cautela.

– Com'è? – gli chiese Beba.

– È buono! – rispose Etan e cominciò a mangiare di gusto.

Gli altri lo imitarono, compreso il barbone. Il fritto era asciutto, croccante e saporito, aveva un gusto molto particolare ma appetitoso. Lo finirono in un attimo.

– Desiderate il bis? – chiese la Maestra sporgendosi dal suo tavolo.

– Sì – risposero timidamente i bambini.

Lei fece un cenno e il bidello robot le portò il primo: tortelloni alla ricotta gratinati con burro e parmigiano. Quindi posò davanti ai bambini e al barbone un altro piatto di frittura. Intanto, la Maestra aveva divorato il primo e si accinse ad attaccare il secondo: bistecca al sangue con contorno di patate arrosto. Durante il pasto, lo scorpione Michelino stava sul tavolo accanto a lei e, ogni tanto, veniva rimpinzato con un bocconcino prelibato.

I bambini e il barbone mangiarono anche il bis di frittura e poi rimasero in silenzio a guardare di sottecchi la Maestra che si deliziava con un tiramisù al caffè. Quando ebbe finito, si versò un liquorino e, sorseggiandolo, disse:

– Mi fa piacere che abbiate apprezzato il cibo che vi ho offerto con tutto il mio cuore magnanimo. Tuttavia, poiché la mensa è un momento educativo e questa è una scuola, vi spiegherò in dettaglio di quali princìpi nutritivi era composto. Ora, la frittura era formata da quello che sarà l'alimento del futuro ovvero gli insetti. Cavallette, in primis, quindi grilli, termiti e larve di coleottero. Come si chiama l'alimentazione a base di insetti?

– Entomofagia – rispose meccanicamente Pippa.

– Ottimo! Sto studiando appunto gli effetti dell'entomofagia umana e voi avete dimostrato che questo cibo è squisito.

– Oddio, che schifo – sospirò Beba.

– Be' – sussurrò Bobby sudando freddo, – ci sono molte popolazioni che si nutrono così.

– Sento lo stomaco che si rivolta. Io sono vegetariano – piagnucolò Totty.

Non ebbero molto tempo per rimuginare su ciò che avevano ingoiato. La Maestra fece rientrare Michelino nella sua gabbietta. Ordinò di uscire dal salone e li condusse, attraverso un corridoio buio, di fronte a una porta. Qui si compiacque di tenere un discorsetto.

– La mia scuola per bambini rammolliti è all'avanguardia. Scordatevi la scuola delle conoscenze e ponete mente a quest'altro termine im-por-tan-tis-simo: competenza! La mia è una moderna **scuola delle competenze** ovvero non è tanto importante il sapere ma il fare. Sì, miei cari: bisogna prima di tutto saper fare. Il mondo è cambiato, la tecnologia avanza. E, tra parentesi, la mia è la più avanzata tecnologia che esista. Ma i computer e i robot, per ora, non saprebbero riordinare una stanza come questa.

Aprì l'uscio e i bambini si trovarono di fronte a uno sgabuzzino da cui proveniva un forte odore di chiuso. All'interno erano ammassate pile di scartoffie e di registri, di schede e di moduli, illuminati dalla luce fievole di una lampadina nuda appesa al soffitto.

– Trascorrerete il pomeriggio qui, a mettere a posto questo guazzabuglio di documenti. È tutto ciò che sono riuscita a recuperare dal disastro che vide distrutta la prima scuola che fondai. Il vecchio vi aiuterà, sempre che ne sia capace. Dovete riordinare i documenti secondo la loro tipologia. Intelligenti come siete, presumo che non abbiate bisogno di altre spiegazioni. Ah, non sognatevi di tentare qualche brutto scherzo: vi informo che ho installato telecamere un po' dappertutto, ma qui ci penserà Michelino a sorvegliarvi.

Detto questo, aprì la gabbietta, e lo scorpione, un po' seccato, ne uscì e si arrampicò su una pila di carte. Rimase immobile, con il pungiglione ricurvo pronto a colpire. Non era per niente contento di rinunciare al pisolino pomeridiano per fare il sorvegliante, ma con la Maestra Tiramisù neppure uno scorpione velenoso poteva scherzare.

La porta si chiuse alle loro spalle e una chiave girò nella serratura. Rimasero fermi, a guardarsi in faccia per qualche secondo, preoccupati e colmi d'ansia.

– Forse adesso possiamo parlare liberamente – disse Pippa.

– Brava furba! Chi ci garantisce che non ci siano microfoni nascosti? – fece Beba sprezzante.

– Io lo garantisco – intervenne Etan. – Non c'è un posto sicuro, in mezzo a questo caos, dove la Maestra potrebbe averli installati.

– Allora, diamoci da fare e, nel frattempo, parliamo – concluse Totty.

Si fecero strada nella montagna di scartoffie e si divisero i compiti. Beba si sarebbe occupata delle schede, Bobby dei registri, Pippa dei documenti che portavano il timbro di un ragno peloso, Totty delle agende, Etan dei moduli. Il barbone avrebbe fatto ciò che poteva. Cominciarono a suddividere il materiale in mezzo a una nuvola di polvere che li faceva tossire e starnutire. Il vecchio dava il suo contributo frugando un po' qua e un po' là, tanto che Beba, a un certo punto, lo scacciò in malo modo.

Nessuno però si accorse che il barbone, frugando in un mucchio di carte sparse sul pavimento, aveva afferrato una busta e se l'era infilata in tasca. Fatto questo, si sedette in un angolo e si appisolò.

Anche Michelino sembrò addormentarsi con il pungiglione rilassato e la testa fra le chele, ma i bambini gli stettero il più possibile lontano.

Trascorse un tempo indefinito. Ora i mucchi di documenti erano suddivisi secondo la tipologia, ammonticchiati in pile ordinate lungo il muro.

I bambini erano stanchi, coperti di polvere e assetati. Mentre riordinavano, avevano discusso sui vari modi per evadere da quella scuola pazzesca e avevano convenuto che si sarebbero guardati bene intorno per scoprire le vie di fuga migliori. Siccome nel grattacielo non c'era corrente elettrica, la Maestra Tiramisù doveva aver installato dei generatori autonomi per far funzionare l'illuminazione e i computer. Pippa ricordava che il Bidibibù era famoso per i suoi ascensori di vetro che si muovevano all'esterno del grattacielo, offrendo agli occupanti una vista meravigliosa su New York, ma questi ascensori ora erano sicuramente inutilizzabili.

– Ci saranno pure delle scale – considerò Totty.

– Sì, ma bisogna scoprire dove stanno e come accedervi – disse Etan.

– Io so dove sono – affermò Pippa. – Vi ricordate l'inverno scorso, quando scrissi una tesina sull'architettura newyorchese degli anni Sessanta? Ho memorizzato la pianta di molti grattacieli, fra cui questo. Le scale si trovano al centro dell'edificio. Centootto piani, due rampe di ventiquattro gradini ciascuna, per un totale di cinquemila centoottantaquattro gradini. Non dovrebbe essere difficile scoprire da dove si accede.

– Non dimentichiamo l'ascensore con cui siamo saliti – disse Bobby.

– Troppo pericoloso: la Maestra riuscirebbe a bloccarlo e a riportarci indietro – replicò Beba e, una volta tanto, tutti le diedero ragione.

La cosa migliore da farsi era quindi familiarizzare con l'ambiente, prima di tentare l'impresa rischiosa di fuggire.

– Comunicheremo solo per mezzo di bigliettini, nel caso la Maestra riesca a spiarci. Dovremo anche stare molto attenti a passarceli. Avete tutti un blocchetto e una matita? – chiese Pippa.

– Sì – risposero i suoi compagni.

– Sei tu, Rosy? – balbettò il barbone risvegliandosi quando la chiave girò nella serratura.

La Maestra Tiramisù entrò ed esaminò con lo sguardo lo sgabuzzino. Michelino zampettò giù da una pila di registri e le si appollaiò in mano. Lei lo accarezzò e disse:

– Uhm... ho visto di meglio. C'è ancora molta polvere in giro.

– Non avevamo niente per raccoglierla! – protestò Pippa.

– Come no? Invece di usare la lingua per rispondere alla tua insegnante, avresti dovuto adoperarla per leccare via la polvere.

Pippa rimase in silenzio e abbassò la testa. Ci sarebbe mancato che la Maestra li avesse costretti davvero a spolverare con la lingua.

Il bidello robot li spinse fuori dallo sgabuzzino. Era ormai calata la sera. I corridoi della scuola erano illuminati da una luce spettrale di un giallo malsano. I bambini furono condotti in bagno a lavarsi le mani e poi nel salone della mensa. La Maestra non c'era ed essi si sedettero di fronte a una scodella di pane, latte e orzo. Rimestarono il cibo per verificare se contenesse qualche creatura sospetta, poi si rassegnarono a mangiarlo perché non volevano morire di fame.

Infine, il bidello robot li obbligò a raggiungere le camere da letto. Bobby fu costretto a entrare in una stanzetta simile a una cella. Era arredata con un lettino di ferro e un vaso da notte posato per terra. Una finestra senza tende si affacciava sul panorama vertiginoso della città. Non pioveva più e milioni di luci scintillavano come pietre preziose nella notte. Anche Totty fu imprigionato in una camera simile. Sollevò il vetro a ghigliottina della finestra e guardò fuori: c'era solo uno stretto davanzale a separarlo dall'abisso.

Etan e Pippa si ritrovarono nelle due stanze accanto, altrettanto piccole e desolate.

Una volta chiuse a chiave le porte, il bidello robot condusse Beba in una camera che, a differenza delle altre, era ampia e confortevole. C'erano un letto morbido e pulito, un comodino con un'abatjour verde menta e perfino un armadio pieno di vestiti color crema e color confetto. Una porta conduceva in un bagno rivestito di marmo. I rubinetti, notò la bambina, erano d'oro.

Sette

Il mattino seguente, dopo una notte popolata di sogni angoscianti, i bambini furono portati al cospetto della Maestra Tiramisù. Si trovavano nell'aula con la Lim, fra lo scintillare di lucine malefiche e sotto la sorveglianza di Michelino, che sembrava ancora più seccato e indolente del giorno prima. Nell'aria c'era un odore metallico e minaccioso, i processori ronzavano sopra la consolle e gli schermi erano percorsi da linee nere che s'intrecciavano come le sbarre di una cella. Il bidello robot, agitando le pinze e indicando i posti con un cenno della testa a forma di bicchiere rovesciato, li obbligò a sedersi.

– Bene, miei piccoli molluschi. Come vi promisi giusto ieri, prima di tutto verificherò quanto avete imparato. Poiché io sono un'insegnante perfetta, se sbaglierete le risposte sarà solo colpa vostra e, con grande dispiacere, dovrò punirvi – disse la Maestra.

Toccò un tasto e sulla Lim apparve una mappa concettuale che si ripeteva in piccolo sugli schermi dei bambini.

– Ora riempite la mappa con le informazioni richieste. Avete dieci minuti di tempo per completare la verifica. Non dovete né copiare né esitare. Non potete comunicare fra voi, altrimenti Michelino vi farà assaggiare il sapore del suo veleno. Capito?

Pippa sorrise, la mappa era troppo facile per lei, genio assoluto. Anche se trattava un argomento sgradevole, quale la vita di creature disgustose e pericolose, la bambina aveva un grande rispetto per la biodiversità. In un attimo completò il lavoro e poi ebbe il tempo di osservare i suoi compagni: Totty era in grosse difficoltà, non riusciva a leggere le consegne, non riusciva a ricordare niente. E lei non poteva aiutarlo.

Dopo dieci minuti esatti, i computer si bloccarono e la Maestra controllò il compito dei suoi allievi.

– Bene bene! Quattro strike e una verifica completamente vuota. Tu moccioso, come ti chiami?

– Totty.

– Totty, Signora Maestra!

– Totty, Signora Maestra.

– Ebbene, Totty, la mia lezione non ti è piaciuta? Non sono stata abbastanza chiara? Oppure questa è una forma di protesta?

Totty non riusciva a parlare. Rimaneva seduto con la testa china e osservava di sottecchi lo scorpione che agitava le chele a un palmo da lui.

– Maestra Tiramisù, lui è dislessico! Non riesce a…

– Tu sei Pippa, vero? Ti ho interrogato, per caso?

– No.

– Allora stattene zitta, muta, tacita e silenziosa!

– Ma non è giusto!

– Zitta, ho detto! Chiudi il becco. Totty non ha scuse, è solo un bambino distratto, disattento, ignorante e ingrato, fannullone e viziato. Quindi lo punirò. Risparmierò la fatica a Michelino, poveretto, perché è già oberato dal compito di sorvegliarvi, perciò…

La Maestra tirò la tenda, aprì la finestra e batté due volte le mani. Sul davanzale, apparvero gli avvoltoi da combattimento con gli artigli rutilanti.

– Oh, no! – esclamarono i bambini.

– Punirò Totty per la sua negligenza e Pippa per averlo difeso – disse la Maestra ridacchiando. Era felicissima.

Fece lo strano verso di richiamo e i due avvoltoi, entrati nell'aula, afferrarono dietro la schiena uno Totty e l'altro Pippa.

– Non fare movimenti bruschi – riuscì appena in tempo a dire la bambina.

Si ritrovarono sospesi nel vuoto, fra folate di vento primaverile, abbagliati dal sole e terrorizzati come conigli. Gli avvoltoi compirono ampi giri intorno al Bidibibù.

I bambini vedevano scorrere la città sotto di loro, le auto e gli autobus che circolavano tranquillamente e i minuscoli pedoni ignari della tragedia che si consumava sopra le loro teste. Totty agitava le gambe strillando:

– Lasciami andare, brutta bestia schifosa.

L'avvoltoio piegò il collo con un'espressione indecifrabile negli occhi tondi e lustri, fissò lo sguardo in quello spaventato del bambino e aprì gli artigli.

– Nooo! – urlò Pippa.

– Nooo! – urlò Totty precipitando.

Poi l'avvoltoio scese in picchiata e lo afferrò di nuovo per i vestiti riportandolo su. Semisvenuto, Totty si ritrovò seduto nel banco vicino a Pippa, con la Maestra che lo osservava soddisfatta.

– È servita la lezione? – gli chiese. E, senza aspettare risposta, ritornò a sedersi davanti alla consolle.

I bambini si guardarono in silenzio. Bobby fece un cenno di incoraggiamento verso suo fratello senza immaginare che anche lui, di lì a poco, sarebbe stato costretto a sopportare un'orribile esperienza.

Infatti, la Maestra Tiramisù annunciò:

– Poiché presumo che voi amiate la musica, uno dei linguaggi più nobili ed elevati che gli esseri umani abbiano mai prodotto, vi farò ascoltare una passacaglia per glassarmonica elettronica, composta modestamente dalla sottoscritta. Sapete cos'è una passacaglia, genietti?

– Io lo so! – rispose Bobby che adorava Bach. – La passacaglia è una danza spagnola con un basso ostinato.

– Oh, sì. E la glassarmonica? Che cos'è?

– È uno strumento musicale, inventato da Beniamino Franklin, composto da bicchieri di cristallo colmi d'acqua a vari livelli. Si suona strofinandone i bordi.

– Uffa! – replicò la Maestra Tiramisù. – Quanto mi scocci con l'esibizione della tua erudizione. Ma l'erudizione non è sapienza. Vediamo, però, se sai perché ho scelto di sintetizzare al computer proprio questo strumento. Dimmi, carino.

Bobby non sapeva che cosa rispondere. Guardò la finestra, terrorizzato dal pensiero di veder apparire un avvoltoio, ma la tenda rimase chiusa. La Maestra era stufa di quel giochetto e non vedeva l'ora di esibirsi.

– Qualcuno sa quindi la risposta? – chiese con voce melliflua.

Tutti scossero il capo.

– Bene! Questo mi fa piacere. Non c'è nessun gusto nell'insegnare a chi pretende di sapere tutto. Ho scelto la glassarmonica perché è uno strumento cattivo, feroce e iellato. Tutti i musicisti che lo suonarono morirono giovani, compresa la regina Maria Antonietta di Francia, che si dilettava a strofinare bicchieri per produrne suoni angelici e... fu ghigliottinata dal popolo, stanco di subire quelle sdolcinate melodie! La glassarmonica è molto pericolosa. E adesso, ascoltate e ammiratemi. La mia non sarà una musica sdolcinata.

Le luci si abbassarono e rimase solo un chiarore rossastro. Sulla Lim apparve la foto di una glassarmonica e la Maestra iniziò il concerto, pigiando sulla tastiera del computer. Un suono, simile allo stridio di lunghe unghie su una lavagna, aggredì le orecchie dei bambini. In sottofondo, udirono come il rumore di un coltello affilato sfregato contro un pezzo di vetro, intervallato dal pianto acuto di un neonato con il pannolino pieno di cacca. Poi, alla spaventosa cacofonia, si soprappose la risata della iena e il ronzio di un trapano da dentista che, con tutta evidenza, faceva da basso ostinato come in ogni passacaglia che si rispetti.

Bobby impallidì ma non osò turarsi le orecchie. Anche gli altri bambini erano piuttosto provati, ma riuscirono a tenere duro. Michelino invece sembrava deliziato. Agitava le chele e tentava piccoli passi di danza fra i banchi, spostandosi di lato sulle sei agili zampette. Finalmente l'esecuzione terminò e i bambini storditi scossero la testa per farne uscire gli ultimi orrendi suoni rimasti.

– Ti è piaciuta, Bobby? – chiese la Maestra voltandosi. – Un esperto di musica come te dovrebbe adorare la mia composizione.

"Come fa a sapere che Bobby è un esperto di musica?" pensò Pippa.

– Dai, Bobby, parla. Sono impaziente di sentire la tua opinione – continuò la Maestra.

Bobby era disperato. A scuola, nella sua vera scuola, la **SPPG**, gli avevano insegnato a dire sempre la verità. Le menzogne non erano tollerate. Piuttosto di mentire, sarebbe stato meglio tacere. Ma la Maestra lo guardava da sotto la chioma scura e lui intuiva, più che vedere, i suoi occhi color fuoco. Se avesse mentito, Beba lo avrebbe raccontato a tutti, sempre che fossero riusciti a fuggire da lì. Se avesse detto la verità... ebbene, c'era un avvoltoio da combattimento giusto dietro al vetro della finestra. Ne vedeva l'ombra delinearsi contro la tenda chiusa. Per fortuna, Bobby era intelligentissimo.

– Non ho mai sentito in vita mia una melodia simile – rispose.

La Maestra rimase un po' perplessa, ma in quel momento il computer suonò il termine delle lezioni. La campanella, come succede in tutte le scuole, accarezzò le orecchie ferite dei bambini che, buttata fuori con un'unica espirazione l'aria che avevano trattenuto nei polmoni, si alzarono dal posto con sollievo.

Dopo che ebbero ingurgitato un pranzo a base di minestrone di fagioli messicani che saltellavano fuori dal piatto scoppiettando, la Maestra ordinò ai bambini di mettersi in fila insieme al barbone che aveva pranzato con loro. Il vecchio era assorto e silenzioso.

Pippa si preoccupò chiedendosi come mai non vaneggiasse più a proposito della sua Rosy Acchiappanuvole. Forse il suo cervello era *partito* del tutto. Poverino! Che cosa sarebbe stato di lui?

La Maestra si mise a capo e il bidello robot chiuse la fila così da impedire qualsiasi tentativo di fuga. Attraversarono il salone della mensa e poi un'aula, un tempo adibita a biblioteca, con divani azzurri ricoperti di polvere e scaffali su cui c'erano libri gettati alla rinfusa. Molti volumi giacevano sul pavimento con le copertine stracciate.

– Libri! Pfui! Molto meglio i computer. Prima o poi mi aiuterete a fare un bel falò con tutta questa cartaccia – sputò fuori la Maestra con immenso disprezzo.

Usciti dalla biblioteca, girarono a destra, percorsero un corridoio e arrivarono di fronte a una porta blindata.

– Provate a immaginare che cosa c'è oltre questo uscio – chiese la Maestra.

– Le scale... – sussurrò Pippa che aveva ben presente la pianta della scuola.

– Esatto! Le scale che desiderate tanto raggiungere. E io, magnanima, vi sto mostrando dove si trovano. Anche se, devo ammettere, la nostra geniale Pippa non avrebbe avuto difficoltà a scovarle. Come potete constatare, la porta per accedere alle scale è blindata e, per aprirla, non basta un cervello super sviluppato. Siete d'accordo?

I bambini annuirono automaticamente.

La Maestra, che indossava un paio di pantaloni di pelle di serpente e una t-shirt leopardata, sollevò uno sportello accanto alla porta.

– Lettura della retina – ghignò e appoggiò il viso a un piccolo schermo. Ci fu un lampo e la porta scattò.

“Siamo fritti. La porta si apre con la scansione retinica della Maestra. Per noi sarà impossibile scappare da qui a meno che non le caviamo un occhio” pensò Etan disperato.

Uscirono su un largo pianerottolo dal pavimento di marmo, delimitato da una ringhiera. Guardando in basso, videro il baratro che si apriva nella tromba delle scale e un’infinità dei gradini che si perdevano nell’oscurità.

– Vi chiederete perché vi ho portati qui… – disse la Maestra agitando le mani dalle unghie adunche color ruggine.

I bambini se lo chiedevano, eccome, ma non osavano immaginare la risposta. Forse si trattava di un semplice atto di crudeltà per dimostrare quanto erano impotenti.

Ma la Maestra aveva i suoi piani.

– Ebbene, miei cari, voi sapete benissimo che la legge più giusta è quella della giungla, dove il forte sopravvive e il debole schiatta. Immaginate che io sia Madre Natura.

“Ci mancherebbe anche questa!” pensò Totty.

– Immaginate che io possa dettare legge – continuò la Maestra – e invero posso farlo perché qui sono nella mia giungla. Chi è il più debole tra voi?

Quattro paia di occhi si volsero verso il povero Totty che arrossì.

– No no no! – strillò la Maestra. – Io ho bisogno dei miei allievi, specialmente di quelli duri di comprendonio. È il vostro amico barbone che mangia il mio pane a tradimento, che non può più rendersi utile, che mi infastidisce con la sua ottusa presenza. È lui l'anello debole!

Così dicendo, indicò il povero vecchio che non si accorse di essere al centro dell'attenzione. Sembrava infatti completamente assente e instupidito.

– Adesso questo rudere incosciente tornerà da dove è venuto. Scenderà le scale e, in qualche modo, uscirà dal Bidibibù. Rimbambito com'è, non rappresenta nessun pericolo. Se anche andasse a raccontare di me, della mia scuola e dei miei piccoli riottosi allievi, chi gli crederebbe?

– Non può fare questo, signora Maestra! – urlò Pippa.

– Ti perdono solo perché mi hai chiamato signora e hai usato la lettera maiuscola. Preferisci che lo faccia portare a terra dai miei avvoltoi?

– No – sospirò Pippa.

Allora la Maestra Tiramisù afferrò il barbone, lo girò verso le scale e gli diede una piccola spinta. Lui scese un paio di gradini, si fermò, guardò in su e ne scese altri tre.

– Sono cinquemila centoottantaquattro gradini. Morirà prima di arrivare alla fine delle scale – piagnucolò Pippa.

– Pazienza. Ce ne faremo una ragione – rispose la Maestra. Con l'aiuto del bidello robot, ricondusse i bambini nel corridoio e la porta fu richiusa. Pippa aveva gli occhi pieni di lacrime e non si avvide che Beba stava sorridendo.

Quella sera, in bagno, ci fu uno scambio di bigliettini. I gabinetti erano divisi uno dall'altro da un muretto che non arrivava al soffitto.

I bambini si sedettero sui water e si mandarono i messaggi appallottolati gettandoli oltre l'apertura.

Pippa chiese a Etan se era possibile ricaricare il telefonino senza caricabatterie. Il bambino rispose che era fattibile, ma ci volevano gli strumenti adatti.

Bobby gli domandò se era in grado di mandare in tilt i computer scollegando così i robot, la porta blindata delle scale e magari anche l'ascensore. Etan rispose che per lui sarebbe stato un gioco da ragazzi, ma doveva per forza aver accesso all'aula dove c'era la consolle di comando.

Avrebbe potuto tentare l'impresa durante la notte, però non sapeva come uscire dalla camera chiusa a chiave. Inoltre, sarebbe di sicuro scattato un allarme.

Totty scrisse che sarebbe bastato togliere la corrente per far saltare tutta la baracca. Una soluzione così semplice e ovvia non era venuta in mente a nessuno. I cervelli dei geni sono infatti molto complicati.

Otto

Trascorsero così altri due giorni spaventosi.

Tra lezioni e compiti assurdi che la Maestra assegnava in quantità industriale, i bambini non ebbero il tempo neanche di respirare. Furono costretti a mandare a memoria le battaglie storiche più sanguinose, il nome delle bestie più letali della Terra e perfino tutto l'Inferno di Dante Alighieri.

Il pensiero di Pippa correva sempre al barbone: era angosciata perché immaginava che fosse morto nella lunga e perigliosa discesa delle scale. Oppure ce l'aveva fatta? Anche questo sarebbe stato possibile, ma la Maestra aveva ragione nell'affermare che, se anche il vecchio fosse riuscito a dare l'allarme, nessuno gli avrebbe creduto e nessuno sarebbe andato a salvarli.

Il terzo giorno, la Maestra Tiramisù tenne una lezione memorabile.

– Oggi studieremo filosofia. Presumo che, dall'alto della vostra intelligenza, il termine non vi sia estraneo. Come ben sapete, la parola filosofia è formata da due termini: *filo*, che significa… dimmelo tu, Beba.

– Amore – rispose la bambina con un sorriso maligno.

– Brava! E *sofia* vuol dire… dai, Pippa, ora tocca a te.

– Saggezza.

– Saggezza, signora Maestra! Quante volte te lo devo dire! – inveì perfida l'insegnante.

– Saggezza, signora Maestra.

– Qui, di fronte a voi sta la saggezza personificata. Io, modestamente. La filosofia tratta vari temi, fra i quali il più interessante è la natura del bene e del male. Voi credete di sapere che cosa sia bene e che cosa sia male, vero? Su, mani alzate e discutiamo, però ricordatevi che io ho sempre ragione. Coraggio, che cosa aspettate?

Totty alzò timidamente un dito.

– Il bene – disse – vince sempre.

– Oh, sì! – rispose la Maestra Tiramisù. – Questo è vero. Ma bisogna stabilire che cos'è il bene.

– Il bene deriva dall'amore verso gli altri – affermò Bobby con sicurezza.

La Maestra rovesciò il capo e sbottò in una risata tanto sguaiata quanto lugubre.

– No, mio caro. Il bene deriva dall'amore verso se stessi. Noi siamo programmati per un sano, naturale egoismo. Dobbiamo prima di tutto pensare al nostro benessere. Secondo voi, in concreto, che cos'è male?

– Fare la guerra – rispose Totty.

– Imbrogliare e rubare – aggiunse suo fratello.

– Imprigionare le persone – quasi gridò Pippa fissando la Maestra con aria di sfida.

– No, no, no! – ghignò la Maestra. – Non ci siamo, bambini. Il male è quando non facciamo i nostri interessi. Il bene è la legge del più forte. Io sono più forte di voi, detto legge e voi mi dovete ubbidire. Questo è bene perché mi rende felice. Se dovessi guerreggiare, rubare, imbrogliare, imprigionare per essere felice, allora tutto questo sarebbe un bene. E, come ha giustamente detto il nostro piccolo grullo, il bene vince sempre.

– In un mondo di imbrogli e di battaglie starebbe male anche lei, signora Maestra! – osò contraddirla Pippa.

La Maestra scosse il capo, e i suoi capelli si sciolsero in tante ciocche serpentine.

– Tu non capisci! In un mondo di imbrogli e di battaglie, io sarei la Regina Suprema. Ed è proprio il tuo mondo, così buonista e rammollito, che impedisce il mio trionfo, che frena le mie naturali inclinazioni.

Finora vi hanno insegnato solo menzogne: ciò che voi considerate bene, in realtà è male e viceversa!

– Però, se la menzogna è bene, allora non ci hanno insegnato male – ribatté Pippa.

La Maestra Tiramisù rimase spiazzata, ma solo per un attimo. Puntò il dito contro la bambina e sibilò:

– La lezione è terminata. Ora tu, brutta piccola insolente, scriverai cinquecento volte sul computer: *Contraddire la mia perfetta e incantevole Maestra è un peccato mortale*. Capito? E non sognarti di usare il copia-incolla: ci penserà Michelino a controllarti.

A quanto pareva, la Maestra usava ancora le punizioni tradizionali, i vecchi *pensi* che ormai erano stati aboliti da cinquant'anni in tutte le scuole d'America, anche se li faceva scrivere al computer. Pippa pensò che era meglio così. Piuttosto che fare un altro giro in avvoltoio, preferiva battere sulla tastiera.

Michelino le si mise accanto e lei cominciò a scrivere. Era molto veloce ma, all'ora di pranzo, non aveva ancora finito. Rimase perciò a stomaco vuoto.

Michelino, come tutte le creature della sua specie, non soffriva la fame. Gli scorpioni possono rimanere senza mangiare anche per due settimane.

Nel frattempo, gli altri bambini sedettero a mensa e si scambiarono parole sottovoce, mentre la Maestra gustava i piatti di alta cucina preparati dal cuoco robot.

Si ritrovarono al solito tavolo, davanti a una scodella di zuppa di riso e cavolo, con le foglie giallicce che galleggiavano in superficie.

– Stasera provocherò un corto circuito nell'impianto elettrico – affermò Etan sottovoce.

– Come ci riuscirai? – gli chiese Beba.

– Vedi questa forchetta? Ora la nascondo sotto la felpa.

La infilerò in una presa di corrente e *spam*! Fine dell'energia elettrica. Avremo almeno un'ora, prima che il guasto venga riparato e potremo fuggire dalle scale perché la porta blindata si aprirà.

– Prenderai la scossa – lo ammonì Bobby.

– No. Strapperò la lingua di plastica delle mie scarpe e avvolgerò il manico della forchetta. Così sarò isolato.

– Come faremo a uscire dalle nostre camere? Siamo chiusi dentro a chiave – chiese Beba.

– Provocherò il corto circuito prima di entrare in camera, quando saremo in bagno. Ho visto una presa di corrente sopra a un lavandino.

– E se non funzionasse? – obiettò Bobby.

– Funzionerà, stai sicuro. Ma se qualcosa dovesse andare storto, allora tu dovrai trovare quei maledetti generatori.

– Stsss... – fece Bobby. Il bidello robot era nelle vicinanze.

Dopo pranzo, la Maestra tenne una lezione di educazione fisica. La palestra della scuola un tempo era bellissima e attrezzata, adesso il linoleum del pavimento si scollava e gli attrezzi rimasti erano quasi tutti rotti e polverosi. I finestroni, coperti di sporcizia, lasciavano penetrare solo una piccola parte della luce primaverile.

Il bidello robot condusse in palestra anche Pippa, che aveva terminato di scrivere la punizione.

La Maestra indossava una tuta da ginnastica giallo limone con i bordi neri. Michelino le si arrampicò su una spalla. Lei ordinò ai bambini di fare una corsa di riscaldamento, poi li fece marciare come soldati e infine li radunò di fronte alle parallele.

– Beba, fammi vedere cosa sai fare – disse.

La bambina ubbidì. Si sputò sulle mani e si afferrò alla sbarra. Compì una serie di evoluzioni perfette, rimase poi immobile con le gambe in alto e le braccia tese, quindi si avvitò su se stessa e ricadde a terra con un salto da Olimpiadi. I suoi compagni applaudirono. La Maestra le accarezzò la testa e la lodò:

– Sei una forza della natura. Nessuno è pari a te.

– Guarda come scodinzola – sussurrò Etan a Pippa.

– È bravissima. Si è meritata il complimento – rispose la bambina.

– Sì, ma io di lei non mi fido. È infida come una vipera.

– Le conviene comportarsi bene con noi. Si trova nella nostra stessa situazione.

Dopo due ore di ginnastica sfibrante, la Maestra ordinò ai bambini di farsi la doccia. Essi tirarono un sospiro di sollievo. Non si lavavano da giorni, a parte le mani. Entrarono negli spogliatoi della palestra, anche questi un tempo molto belli e confortevoli. Ora invece erano pieni di attrezzi dismessi. Sulle pareti ammuffite, il colore originale giallo crema traspariva appena. Si tolsero gli abiti e si gettarono sotto le docce. Aprirono i rubinetti e furono investiti da un getto di acqua gelata. Battendo i denti, si lavarono con un pezzo di sapone di Marsiglia. Si asciugarono con un asciugamano grigio e sottile. Eppure, la doccia li rinfrancò.

– Mi sono schiarita le idee – disse Pippa sospirando di soddisfazione.

Cominciarono a rivestirsi, ma Etan scoprì che la torcia, il telefonino e la forchetta erano scomparsi dalla tasca dei suoi pantaloni. Anche le tasche dei suoi compagni erano completamente vuote, mancavano i blocchetti per scrivere, le matite e le torce elettriche.

– Siamo stati derubati – disse costernato.

– Tu hai rubato la forchetta. Sei tu il ladro – replicò Beba.

Etan la guardò con rabbia.

– Ma da che parte stai? – le chiese.

"Dalla parte del più forte" pensò la bambina ma non gli rispose.

La cena fu un mortorio. La Maestra non si fece vedere e i bambini si ritrovano da soli nel grande refettorio illuminato debolmente da un paio di lampadine.

Michelino li sorvegliava immobile su una sedia e il bidello robot portò un piatto di pasta al pomodoro. Il condimento aveva lo stesso colore del sangue. E, quel che è peggio, ora le posate erano di plastica.

Mangiucchiarono in silenzio, ma Beba non toccò il suo cibo. Gli altri la osservavano di sottecchi. Aveva fatto la spia? Non volevano crederlo, eppure…

Pippa finì tutta la pastasciutta, era a digiuno dalla mattina. Doveva mantenere la calma e restare in forze. Le loro possibilità di fuggire diminuivano di giorno in giorno. Bisognava trovare i generatori di corrente.

Quando fu in camera, non riuscì a prendere sonno. Si rigirò a lungo nel lettuccio di ferro che era più scomodo del solito. Il pensiero del barbone la tormentava. Nel buio della notte, le paure si fanno più forti e più reali. Lo pensava morto, a metà delle scale, un mucchietto di stracci e di ossa su un pianerottolo. Ripensava anche a Beba. No, non li aveva traditi. Anche lei desiderava riavere la libertà.

Nove

La Maestra Tiramisù annunciò:

– Oggi vi porterò a visitare la mia proprietà. Si chiama Scuola per Bambini Rammolliti 2.0. Spero che il nome vi piaccia, altrimenti pazienza. Basta che piaccia a me.

Indossava di nuovo il grembiule nero inamidato che scricchiolava. In testa portava un berretto con i gradi da generale, in mano la gabbietta con dentro Michelino. Lo scorpione era indolente, pigrissimo. Il bidello robot chiuse la fila tenendo fra le pinze un mazzo di chiavi.

Pippa aveva impressa nella mente la mappa dell'edificio e di ciascun piano, ma si rese conto che erano state effettuate delle modifiche. La Maestra aveva abbattuto muri ed eretto pareti.

Attraversata la biblioteca, entrarono nel corridoio seguendolo dalla parte opposta delle scale. Arrivarono nella piscina coperta.

Alcune vetrate, che si affacciavano sulla città, erano rotte, riparate con pezzi di cartone e di nastro adesivo.

La vasca olimpionica era colma di acqua fangosa, la ceramica azzurra ai bordi sembrava crivellata da colpi di mitragliatrice. Il bidello robot porse un secchio pieno alla Maestra. Lei lo afferrò, ne tirò fuori una grossa bistecca sanguinolenta.

L'acqua della piscina ebbe un moto convulso e ne spuntarono fuori le teste di tre coccodrilli albini.

– Eccovi qui, dolci animaletti miei. Vi ho portato la pappa!

E così dicendo, la Maestra gettò la carne nella vasca. Gli animali se la disputarono in un furioso ribollire d'acqua sudicia, fra lo sbigottito orrore dei bambini.

– Purtroppo ne ho ritrovati solo tre, dopo che l'acqua spazzò via la mia meravigliosa scuola sotterranea – disse la Maestra con un sospiro.

Gettò altra carne alle sue bestiole quindi, guardando severamente Pippa, continuò:

– I coccodrilli sono meglio dei cani molecolari in quanto a fiuto. Sanno scovare e seguire le tracce di un fuggitivo a colpo sicuro. Ce ne sono parecchi nelle fogne, abbandonati dagli abitanti della città che prima li adottano, quando sono piccoli e carini, e poi li gettano nel fiume quando diventano grandi, voraci e pericolosi. Ciò fa comprendere come i newyorkesi siano idioti.

Li condusse poi nell'emeroteca, una stanza semicircolare, con le poltroncine sfondate e le scansie rovesciate sul pavimento.

Ad un tratto, dal soffitto cominciarono a piovere ragni dalle zampe lunghe e sottili. Come paracadutisti, scendevano veloci per il filo della ragnatela e fuggivano da tutte le parti. Ce n'erano centinaia. I bambini si misero a strillare. Oh, sì. Sapevano benissimo che quei ragni erano innocui, ma non riuscirono a evitare il panico. La Maestra si mise a ridere.

– Siete proprio dei pusillanimi vili e codardi. I ragni sono fra le più deliziose creature della Terra – ghignò.

Entrarono negli uffici della direzione, dove c'erano ancora dei grandi raccoglitori di metallo appesi al muro e poi nelle aule desolate e sporche. Ognuna aveva una targhetta attaccata alla porta con scritto il nome dell'insegnante e della materia. C'era un vecchio impianto stereo con le casse per diffondere la musica ma anche, notò Etan, piccole telecamere che spuntavano dalle fessure dei muri e dagli occhi dipinti in antichi ritratti a olio.

– Un tempo, questa scuola era molto rinomata e costosissima – spiegò la Maestra, – ma sfornava bambini senza carattere, piccoli viziati con la puzza sotto il naso. Le maestre erano delle autentiche mammolette, sempre gentili e sorridenti. Qui si studiava per modo di dire e tutti, anche gli asini, venivano promossi. Adesso questo spazio è mio. Solo mio. Ci sono voluti anni e anni per occuparlo, ma resta ancora molto lavoro da svolgere. Le stanze sono troppo, come dire, ecco, amene. Sono troppo amene, c'è un eccesso di luce. Guardatevi intorno: un giorno questi muri saranno dipinti di nero e neri tendaggi copriranno le finestre. Ci saranno Lim e computer e telecamere in ogni locale. Ne ho già installata qualcuna. Importerò i ragni cannibali del Madagascar e la mosca bianca dell'Antartide, che punge e uccide senza lasciare traccia, il serpente indiano dalle corna tortili, la lepre assassina della Cornovaglia, lo scarabeo dentato del deserto di Gobi, la rana trasudante veleno del Liaoning, la grassa vespa pelosa dello Zaire, il pallido verme millenario degli acquitrini del Mato Grosso, la salamandra con la coda biforcuta dell'isola Bora Bora, gli uccelli dalle penne di bronzo delle paludi stinfalidi in Grecia, la capra carnivora dell'Himalaya, il cinghiale barbuto dell'Afghanistan e la tigre con i denti a sciabola che sopravvive in pochissimi esemplari nella taiga siberiana. Deliziosi, rarissimi animaletti. Il mio zoo sarà unico al mondo. E poi riempirò la mia scuola di bambini. Fare l'insegnante non è un lavoro, ma una missione! Insegnerò la verità.

– Vuole imprigionare altri bambini... signora Maestra? – chiese Pippa scandalizzata.

– Certo, ma la verità li renderà liberi. La mia verità, s'intende. Spiegherò loro come funziona davvero il mondo. Ameranno solo ciò che io amo e odieranno tutto il resto. Impareranno a combattere senza regole e senza esclusione di colpi, perché la vita è una guerra e la guerra è magnifica!

"È una pazza furiosa" pensò la bambina.

La Maestra salì in piedi su una sedia, allungò un braccio e tracciò un arco nell'aria.

– Prima stavo nelle fogne, un bel posto, non c'è che dire. Ma ora domino l'orizzonte dall'alto. Ho cambiato prospettiva. Non mi accontento più di tramare sottoterra.

Bobby notò che la Maestra aveva una sottoveste rossa. Spuntava da sotto il grembiule come una lama corrusca.

"Chissà come sono le sue mutande" considerò. Il pensiero gli suscitò un'irresistibile risata. Cercò di trattenerla, ma la ridarella è incontenibile. Si morse l'interno delle labbra, abbassò la testa e poi scoppiò.

La Maestra rimase immobile, si oscurò in volto, diventò blu. Scese dalla sedia e incombette sopra il bambino.

– Che cos'hai da ridere, tordo? Io non sono ridicola, sono terribile. Sei d'accordo?

– Sì – sussurrò Bobby serio.

– Sì, signora Maestra!

– Sì, signora Maestra.

– Adesso la paghi, però.

Aprì una finestra e lanciò un richiamo. Fu così che anche Bobby imparò a volare appeso a un avvoltoio.

Quando l'uccellaccio riportò dentro il bambino terrorizzato, la Maestra lo premiò con una manciata di croccantini per gatti che teneva nelle tasche del grembiule. Poi ordinò:

– Seguitemi. Il meglio deve ancora venire.

Due erano le principali passioni della Maestra Tiramisù, oltre a quella di insegnare. Una: gli animali rari, disgustosi e aggressivi. L'altra: gli strumenti letali.

Premendo un telecomando, aprì una grande saracinesca. Entrarono quindi in uno stanzone stretto, ma molto lungo. Ai lati c'erano vetrine di cristallo piene di armi. Armi da fuoco, da taglio, da punta, da lancio, armi chimiche e armi improprie. Faretti con luce direzionata illuminavano le teche. Uno scintillio cupo promanava dal bronzo, dal ferro, dall'acciaio, dall'argento e dall'oro.

– Dovete sapere che è la più grande raccolta che esista – affermò la Maestra con orgoglio, – copre tutto l'arco dell'evoluzione umana, dalla Preistoria ai giorni nostri.

I bambini guardavano con la bocca spalancata le punte di freccia in pietra scheggiata o levigata, le lance, le spade, le scimitarre, le alabarde, le mazze ferrate, gli yatagan turchi, i pugnali, i kriss malesi, i fucili, i moschetti e gli archibugi, le rivoltelle, le pistole, le mitragliatrici, i bazooka, i kalashnikov. C'erano metalli incisi con disegni bellissimi e calci di fucile istoriati. E poi colubrine, cannoncini, obici e bombarde. In alcune teche erano esposte bombe a mano di tutti i tipi e mine antiuomo, in un'altra, adagiato su un letto di bambagia, dormiva un missile a testata nucleare.

– Purtroppo è disattivato – disse la Maestra con una nota di disappunto nella voce.

– Ma... tutto questo è legale? – chiese Beba impressionata.

– Certo! Negli Stati Uniti i cittadini possono possedere tutte le armi che desiderano. Come scrisse Abramo Lincoln, la miglior difesa è l'attacco.

Pippa dubitava che il buon vecchio Abramo, sedicesimo presidente americano, avesse scritto una cosa simile. Quasi leggendole nel pensiero, la Maestra scosse il capo e il berretto da generale le scivolò di sghimbescio sulla fronte.

– Purtroppo Lincoln per tutto il resto fu un uomo deludente, infatti abolì la schiavitù. Ma ora ammirate il mio pezzo forte – disse indicando il fondo della sala.

E là, stava il più grande cannone che si potesse immaginare. Un bestione gigantesco, alto fino al soffitto, montato su un affusto con i cingoli, lustro come se fosse uscito or ora dalla fabbrica.

– Vi presento uno dei cannoni più grandi che siano mai stati costruiti. Questo splendido pezzo di artiglieria terrestre fu usato dall'esercito tedesco durante la Prima Guerra Mondiale. Sparava proiettili di millecentocinquantachili, riempiti con centoquarantaquattro chili di esplosivo ed era in grado di abbattere le torrette di acciaio al nichel delle fortificazioni nemiche. Che ne dite?

– È magnifico! – esclamò Beba.

Gli altri bambini preferirono tacere.

La visita si concluse sul vasto terrazzo del Bidibibù.

La Maestra li fece uscire da una porta a vetri. Si ritrovarono vicino alle nuvole. Il cielo ne era cosparso. Nubi a pecorelle, da cui trasparivano i raggi del sole; nuvolette bianche e gonfie come sbuffi di panna; nuvole rosee e delicate; nuvole color salmone e color vaniglia, cremose come una maionese; nuvole a cumuli e a strati; nuvole sfilacciate; nuvole dense e luminose; nuvole candide dai bordi lilla. Una piccola nuvola solitaria galleggiava sopra la fiaccola della Statua della Libertà.

La primavera aveva disteso su New York il suo Gran Pavese. Ma non ci fu molto tempo per guardare in alto e per godersi lo spettacolo.

Il terrazzo una volta aveva ospitato una pista di atterraggio per gli elicotteri. Si vedeva ancora il cerchio giallo dipinto sul pavimento, con al centro la lettera acca. Più a destra, c'erano le vestigia di un campo da football e due rettangoli per il gioco del tennis. In fondo, i bambini videro i resti di un giardino pensile, con decine di alberi morti e di vasi ancora pieni di terra. A confronto con lo splendore arcano del cielo, il luogo appariva ancora più desolato.

– Ebbene, questo terrazzo diventerà ancora più bello – annunciò la Maestra, – lo trasformerò in un giardino ombreggiato da tassi e oleandri. Coltiverò il giusquiamo, l'atropo belladonna, l'aconito e il ricino, l'abro e la cicuta, la convallaria maialis comunemente detta mughetto, lo stramonio e il mezereo, l'elleboro nero e la dulcamara, il crotontiglio, il colchico autunnale e la digitale purpurea nonché il ranuncolo bulboso, la freddolina e il citiso. Pianterò un labirinto di lauro ceraso. Sarà l'ottava meraviglia del mondo!

– Sono tutte piante velenosissime – sussurrò Pippa a Totty che, in cuor suo, per un attimo aveva sperato che la Maestra nascondesse un animo gentile.

Pippa però fu attratta da un rumore. Proveniva da una gabbia nella quale c'erano tre gruppi elettrogeni che ronzavano tutti insieme.

"Ecco i generatori di corrente" pensò la bambina "e vedo anche parecchie taniche di benzina per l'alimentazione. Se potessi avvicinarmi in qualche modo, potrei staccare l'elettricità e disattivare tutti gli orrendi marchingegni della Maestra".

Dieci

La sera stessa, Pippa decise di condividere il suo piano, approfittando del fatto che durante la cena la Maestra non si era fatta vedere. Michelino dormiva su una poltroncina e il bidello robot, consegnato il magro pasto, era rimasto immobile accanto a una finestra.

– Ragazzi, domani ci offriremo di sistemare un po' il giardino pensile sul terrazzo. Diremo alla Maestra che vogliamo aiutarla a realizzare il suo progetto di coltivare nuove piante. Se lei accetta, io e Etan ci avvicineremo ai generatori. Là non ci sono telecamere. Basterà interrompere il flusso del liquido di raffreddamento per ottenere un blackout. Etan sa come fare...

Furono tutti d'accordo. Il problema era la Maestra. Avrebbe accettato la proposta? Beba si offrì di domandarglielo.

– In fondo – disse, – io le sono simpatica. Non mi dirà di no.

– Il fatto che tu le stia simpatica non depone a tuo onore, mi sembra. Diciamo pure che si fida di te? – domandò Pippa sospettosa.

– Ah, come sei diffidente. Non si fida di me, non si fida di nessuno. Le sono simpatica, ripeto. A lei piace come faccio ginnastica. Ha capito il mio valore. Avete alternative?

I bambini dovettero convenire che non ne avevano. Inoltre, finalmente Beba si era offerta di aiutarli e bisognava esserle grati per la sua disponibilità.

– Va bene. Domani sarai tu a chiederle se possiamo sistemare il terrazzo, ma cerca di essere molto convincente – rispose Pippa.

– Io sono sempre molto convincente, non lo hai ancora capito? Infatti, quando saremo liberi, riuscirò a farvi cacciare tutti dalla **SPPG**. Se voglio collaborare, lo faccio solo per me stessa.

Quelle parole convinsero i bambini. Se Beba si fosse rivelata improvvisamente gentile e generosa, non le avrebbero creduto. Non sospettavano però che la loro compagna stava imparando alla scuola di una Maestra che le dava lezioni private di malignità.

Fin dal primo giorno, infatti, la Maestra Tiramisù aveva individuato nella bambina tutte quelle belle qualità che rendono una persona adatta a scalare i vertici del potere: vanità e superbia, mancanza di scrupoli, attitudine al comando, desiderio di sopraffare gli altri, durezza di cuore, capacità di sfornare menzogne. Aveva deciso perciò di farne un'alleata, ma senza trascurare il rischio di allevare una rivale, una serpe in seno capace di soppiantarla. Le aveva assegnato una camera confortevole, la elogiava spesso e, di nascosto, la nutriva con gli stessi cibi prelibati che mangiava lei.

Beba sapeva fingere con i suoi compagni e loro, anche se avevano qualche sospetto, non immaginavano che la Maestra Tiramisù andava a trovarla di sera, quando tutti riposavano nelle loro stanzette chiuse a chiave. Le conversazioni duravano fino a notte fonda e la bambina, in pochi giorni, aveva subìto un processo di indottrinamento molto efficace perché il terreno, in cui la Maestra piantava i suoi semi del male, era fertilissimo.

La Maestra entrava nella camera della bambina indossando una vestaglia nera e un paio di pantofole bordate di piume d'aquila. La ascoltava con attenzione lamentarsi dei compagni, di Pippa in particolare, la approvava, la aizzava, le faceva grandi complimenti. Beba si sentiva finalmente compresa e apprezzata. Dipendeva da quelle parole suadenti e terribili come un neonato dipende dalla mammella materna. Insieme alla Maestra, escogitava modi per vendicarsi dei compagni. Quell'immaginare malefico contribuiva ad aumentare in lei il livore e la cattiveria.

La sera stessa, Beba comunicò alla Maestra il piano di Pippa.

– Dovrai impedirle di avvicinarsi ai generatori di corrente – le disse Beba, perché ormai le dava del tu.

– Invece non farò niente del genere, mia cara.

– Ti prego. Non deve avere nessuna soddisfazione. Neppure quella di essere vicina a realizzare il suo scopo! – gridò.

La Maestra, seduta accanto, le accarezzò il capo con le unghie ricurve e la bambina sentì gli artigli graffiarle la cute.

– Sai qual è la delusione peggiore? Vedersi sfilare da sotto il naso la vittoria quando si crede di averla già raggiunta. Devi essere più raffinata quando agisci. L'impulso va combattuto, bisogna infatti vendicarsi a mente fredda. Se vi negherò di andare nel terrazzo, i tuoi compagni rimarranno un po' delusi perché è ciò che si aspettano. Se invece darò loro il permesso, dopo ci rimarranno molto peggio. Infine, così avrò un motivo per comminare una punizione esemplare! E a noi piacciono moltissimo le punizioni. Ne convieni? – le sussurrò.

Beba non era d'accordo, ma annuì.

La mattina seguente, dopo la consueta pazzesca lezione sulla lavagna multimediale, Beba propose alla Maestra di mettere a posto il giardino pensile sul terrazzo e questa, molto amabilmente, acconsentì.

– Come farete a danneggiare i gruppi elettrogeni? – chiese Bobby mentre pranzavano.

– Apriremo la valvola di scarico del liquido refrigerante. In capo a mezz'ora, i generatori si bloccheranno, la corrente salterà e noi scapperemo. Se tutto andrà bene – rispose Pippa.

– Già, se tutto andrà bene. Ma vale comunque la pena di provare. Chi è prigioniero, ha il diritto di tentare l'evasione – aggiunse Etan.

– Non per scoraggiarvi, ma i generatori sono chiusi nelle gabbie – disse Totty.

– È vero, ma sono gabbie di rete metallica. Le nostre mani piccine possono passare attraverso i buchi delle maglie – lo rassicurò Etan.

– Mi sembra un piano talmente fragile... – sospirò Bobby.

– Se ne hai in mente uno migliore, parla! – disse Pippa un po' risentita.

– Oh, ci riuscirete di sicuro. Una volta staccata la corrente, potremmo correre fino alle scale e scappare via. Siamo molto più veloci della Maestra. Michelino, poi, è talmente pigro che rifiuterà di rincorrerci. Ragazzi, ci pensate? Stasera dormiremo finalmente nella nostra vera scuola, nel nostro vero letto! – esclamò Beba con tanto entusiasmo da sbigottire i suoi compagni.

Al pensiero della loro scuola accogliente, della libertà, del giardino digradante verso il fiume, i bambini si sentirono afferrare dalla nostalgia. Il desiderio di ritrovare le abitudini amate li rese impazienti. Ingurgitarono tutto il cibo senza chiedersi cosa fosse e poi, scortati dal bidello robot e da Michelino, uscirono sul terrazzo.

Che bello essere all'aperto, nonostante tutto. L'aria impregnata del profumo primaverile accarezzava le narici. Il cielo era di un azzurro smagliante. Il fiume scorreva giù in basso come un lungo nastro grigio. La città si estendeva in apparenza all'infinito e scintillava tutta, riflettendo dalle innumerevoli finestre i raggi del sole.

I bambini entrarono nel giardino pensile che, ormai, del giardino aveva solo il nome. C'era così tanto lavoro da svolgere che non sapevano da che parte iniziare. Cominciarono così a svuotare i vasi di terracotta. Versarono terriccio e piante morte in un angolo e poi, riempito d'acqua un mastello, cominciarono a lavarli strofinandoli uno per uno. Dopo un po', Michelino prese sonno, appollaiato su un monticello di foglie secche. Il bidello robot li sorvegliava, ma senza troppo impegno. Etan e Pippa a poco a poco si spostarono, arrivarono in fondo al giardino e finsero di raccogliere dei rami sparsi per terra. Nel frattempo, Bobby cominciò a cantare con la sua voce angelica. Perfino il bidello robot ne fu incantato e si mise in ascolto. Decine di uccellini si posarono sul terrazzo attratti dalla melodia. L'unico che rimase insensibile fu Michelino, che continuò a ronfare con gli occhi coperti dalle chele e il pungiglione rilassato.

Quatti quatti, Etan e Pippa raggiunsero le gabbie dei generatori. Infilarono le mani fra le maglie della rete e svitarono la valvola del liquido refrigerante. Subito, un rivolo di acqua azzurrognola cominciò a uscire dai gruppi elettrogeni. I due bambini compirono l'operazione con grande velocità e poi ritornarono dai loro compagni.

– Ora non ci resta che aspettare – sussurrò Pippa.

Ripresero a svuotare e a lavare i vasi, mentre Bobby continuava a cantare la ninnananna di Brahms. La mezz'ora trascorse in grande tensione. Poi Etan esclamò:

– Guardate!

Il bidello robot si era accasciato su se stesso, la testa a forma di bicchiere rovesciato reclinata ad angolo retto con il busto, le braccia e le mani, a forma di pinze, abbandonate inerti lungo i fianchi.

– Il computer è spento. Non controlla più i robot. Significa che manca la corrente – sussurrò Pippa. In quel momento, il suo pensiero andò al barbone. Forse lo avrebbero ritrovato vivo lungo le scale. Oh, era importantissimo che il piano funzionasse!

– Allora scappiamo – gridò Bobby. E, così dicendo, gettò su Michelino addormentato un sacco di iuta.

– Forza, via! – urlò Totty.

Si precipitarono dentro l'edificio, poi, attraverso le stanze, raggiunsero il corridoio e la porta delle scale.

– Presto, spingiamola! – gridò Bobby.

Si appoggiarono contro il battente e spinsero con tutte le loro forze.

– Non si apre. Com'è possibile? Il pannello della lettura retinica è spento – disse Pippa disperata.

– È possibile perché io sono più intelligente e più agguerrita di voi, piccoli geni – disse una voce alle loro spalle.

I bambini si girarono terrorizzati. La Maestra Tiramisù incombeva su di loro come un'enorme scopa di saggina. Indossava il grembiule inamidato e il berretto con i gradi da generale. La sua bocca ghignava e, come sempre, i suoi occhi erano celati dalle ciocche serpentine dei capelli.

Michelino era posato sulla sua spalla e rideva anche lui con la minuscola bocca nera.

– Non sono arrabbiata – disse la Maestra – perché mi aspettavo dei tentativi di fuga. Siete bambini intraprendenti e questo non è un difetto, anzi. Tuttavia, converrete con me che dovrò punirvi. Vi castigherò più che altro per il vostro candore. Avete creduto di potermi ingannare con un espediente così ingenuo e mi avete sottovalutata. La prossima volta vi consiglio di impegnarvi di più e meglio. Ora seguitemi, forza!

I bambini le andarono dietro con la testa bassa e la morte nel cuore. La Maestra li condusse vicino a una finestra e chiamò gli avvoltoi da combattimento.

Gli uccellacci afferrarono un bambino urlante ciascuno e si sollevarono in aria.

– Signora Maestra... – gridò Beba supplichevole mentre l'avvoltoio la portava fuori. Ma la Maestra non la guardò neppure. Con assoluta indifferenza, osservò gli avvoltoi volare sempre più in alto e depositare poi i bambini al culmine di una torretta che si elevava sul tetto, dove c'era un'antenna circondata da una ringhiera. Tutt'intorno, il vuoto.

I bambini si aggrapparono alla ringhiera e rimasero lì finché il sole non cominciò a tramontare. Sferzati dal vento, infreddoliti e terrorizzati dall'altezza, non avevano neanche la forza di piangere. Un gabbiano passò alto sulle loro teste, si abbassò un poco a guardarli e rimase sospeso nell'aria.

"Ah, se sapessimo volare come lui!" pensò Totty.

All'imbrunire, gli avvoltoi tornarono e li riportarono dentro. Tremanti di paura e mezzi congelati, andarono a letto senza cena.

– Sono stata costretta a punire anche te, altrimenti avrebbero capito il nostro gioco – disse la Maestra Tiramisù. Era entrata nella camera di Beba con un vassoio di tramezzini e una lattina di coca cola. Si era seduta sul letto sorridendo. – Sono convinta che tu, intelligente come sei, hai capito che non avrei potuto fare altrimenti. Ora mangia. Questi sono deliziosi – continuò sollevando con le dita adunche un tramezzino con uova e pomodoro.

La bambina assaggiò il cibo ma ne lasciò gran parte. Un sentimento di rabbia e di paura insieme le aveva tolto l'appetito.

Undici

Un bambino geniale ha un cervello molto evoluto. Impara in modo veloce e sicuro, riesce a memorizzare un numero spropositato di informazioni e a scoprire cose nuove. Ci sono bambini con un quoziente intellettivo superiore a 160, con una mente, cioè, più sviluppata e reattiva di quella posseduta da Albert Einstein. La loro intelligenza è un dono meraviglioso ed è spesso unita alla creatività e all'intuizione. Però... Un bambino geniale è fragile e pauroso come tutti i bambini. Come tutti ha bisogno di coccole e di incoraggiamento, come tutti si arrabbia e si scoraggia. Il suo cervello è potente, ma il suo cuore batte e sussulta come quello di ogni essere umano. Un bambino geniale di fronte a un grave pericolo prova lo stesso senso di panico di tutti gli altri. Quando i suoi desideri non sono soddisfatti, fa i capricci. Si annoia facilmente, litiga e fa dispetti come qualsiasi monello.

Chiuso al buio nella sua camera, **Etan** pianse a lungo prima di addormentarsi e così anche i suoi compagni. Il bambino non aveva perso del tutto la speranza di scappare perciò meditò fra le lacrime un modo per craccare il sistema informatico. Doveva assolutamente riuscire a raggiungere il processore principale che stava sotto la consolle, nell'aula dove la Maestra teneva le sue odiose lezioni. Lei si era dimostrata più furba di loro. Bisognava trarla in inganno. Come fare? E se si fossero semplicemente arresi? Mai! Si addormentò con le lacrime agli occhi e sognò di correre su una tastiera per computer gigantesca, per sfuggire dalle grinfie di un enorme scorpione.

La mattina seguente si risvegliò con una fame da lupi. Sfido! La sera prima era andato a letto senza cena. Aprì la finestra e guardò fuori. Il cielo era nuvoloso e la città spuntava a tratti dalla nebbia come in un dipinto giapponese. Poi notò qualcosa posato sul davanzale. Si stropicciò gli occhi assonnati e guardò con attenzione. Era un foglietto tenuto fermo da un sasso. Come era arrivato lassù? Etan pensò a una trappola della Maestra e decise di ignorarlo.

La chiave girò nella serratura e il bidello robot spalancò la porta. Era ora di vestirsi e di andare a scuola. A scuola! Che razza di scuola era quella, dove si insegnava ai bambini che il male è bene e viceversa? Etan indossò i soliti abiti, ormai sudici e fece per uscire dalla camera. Arrivato sulla soglia, si fermò, tornò indietro, si sporse fuori dalla finestra. Prese il foglietto e se lo infilò in tasca.

Beba aveva dormito poco e male. Anche lei si era rigirata a lungo nel letto e aveva meditato sulla propria situazione. Aveva fatto bene a coalizzarsi con la Maestra Tiramisù? Adesso non ne era più tanto sicura. La sua alleata era infida e pericolosa. Non aveva alcuno scrupolo e si era servita di lei senza chiederle il permesso. Beba non avrebbe esitato un istante a tradirla e la Maestra avrebbe fatto lo stesso senza scomporsi. Due belve feroci, chiuse in una gabbia con altri animali, li avrebbero dapprima uccisi e mangiati e poi si sarebbero scagliate l'una contro l'altra. La differenza fra il bene e il male è che il male divora se stesso.

Tuttavia la bambina non giunse a quest'ultima conclusione. Le interessava solo cavarsi dagli impicci e liberarsi da una socia insidiosa. Del resto, il loro scopo non coincideva: Beba desiderava solo vendicarsi dei compagni che le stavano antipatici; la Maestra invece voleva assoggettarli. Tutti, lei compresa. E non era per niente un vantaggio che con lei ci avesse provato con le buone. La punizione collettiva aveva rappresentato, tutto sommato, un colpo di fortuna. Adesso non l'avrebbero più sospettata di fare la spia.

Vinta da un sonno irregolare e disturbato, Beba sognò di vincere le Olimpiadi di ginnastica ritmica. Quando il bidello robot venne a svegliarla, si sentiva molto stanca, nervosa e più cattiva del solito.

Si ritrovarono tutti e cinque nel refettorio. Fecero colazione in silenzio, sorvegliati dal bidello robot.

La Maestra sembrava aver dimenticato ciò che era successo il giorno prima. Seduta al proprio tavolo, con Michelino disteso su una zuccheriera, beveva le abbondanti tazze di caffè versate dal cameriere robot. Afferrava con le unghie color ruggine i croissant fragranti dal vassoio e li mordeva con gusto, sporcandosi il mento di marmellata di fragole. Spalmava di burro le fette biscottate, sorseggiava succo di arance rosse, inghiottiva cucchiaini di uovo sbattuto con il vermout. Pippa la osservava di sottecchi. Si chiedeva come mai, mangiando tanto, fosse così ossuta e spigolosa.

La Maestra non aveva metodo nel nutrirsi. Si infilava in bocca una cucchiaiata di panna e subito dopo una fetta di pancetta seguita da un morso alla torta sacher. Masticava con la bocca chiusa ma, quando la apriva per introdurci il cibo, balenavano per un attimo i denti appuntiti e la punta affilata della lingua.

I bambini, compresa Beba, mangiarono il latte con il pan biscotto. Avevano ormai imparato che la fame vera non si preoccupa di ciò che c'è nel piatto. Infine furono condotti in bagno dal bidello robot. Mentre gli altri si lavavano i denti, Etan entrò in un gabinetto per fare i suoi bisogni.

Si abbassò i pantaloni e sentì un fruscio. Si infilò una mano in tasca e ne tirò fuori il foglietto trovato sul davanzale della camera. Lo aprì e lo lesse. Diventò dapprima pallido, poi rosso. Si rialzò le brache, strappò il foglio in piccoli pezzi e lo buttò nel water. Poi spalancò la porta del gabinetto e strillò:

– Ragazzi! Voi non potete neanche immaginare...

Nel vedere il bidello robot, ammutolì.

Furono condotti nell'aula dove la Maestra li attendeva, rigida nel grembiule inamidato. Michelino dormiva nella gabbia sopra la consolle.

– Siete in ritardo! – li redarguì la Maestra Tiramisù. – Forza, seduti al vostro posto!

Obbedirono. Le mani di Etan tremavano mentre accendeva il suo computer.

– Bene! – strillò la Maestra quando tutti furono pronti. – Stamattina scriverete un testo. Tema: *La mia meravigliosa insegnante: tutti i motivi per cui devo esserle grato (o grata, nel caso che a scrivere sia una femmina)*. Capito? Siate sintetici, perché non ho voglia di correggere troppe pagine. Siate prodighi di elogi, mettete in luce tutti i miei pregi. Concludete affermando tutto ciò che siete disposti a fare per me. Premierò il compito migliore - e qui si interruppe e guardò Beba sorridendo - e punirò chi non avrà scritto ciò che io voglio. Ci sono domande?

I bambini scossero il capo. La Maestra intimò a Michelino di sorvegliarli attentamente, e lo scorpione, risvegliato all'improvviso, saltò sulla consolle e agitò minacciosamente le chele.

– Ascoltatemi bene – sussurrò Etan rivolto ai compagni, – dovete scrivere tutto ciò che pensate. Intendo, ciò che pensate DAVVERO della Maestra.

– Tu sei matto! – rispose Bobby sottovoce. – Ci appenderà di nuovo sulla torretta.

– Fidatevi. Vi prego. È l'unico modo per salvarci.

– Silenzio! Zitti! – urlò la Maestra.

Etan rivolse loro uno sguardo disperato, un'occhiata intensa e potente con cui sperava di trasmettere il suo pensiero. I bambini si misero a battere sulla tastiera del computer. Ecco di seguito ciò che scrissero:

Etan

La Maestra Tiramisù è un mostro. Ci ha catturati e ci tiene prigionieri nella sua scuola assurda. Le sue lezioni fanno schifo, sono noiose e piene di errori. Lei vuole sempre avere ragione, ma in realtà ha sempre torto. Vuole convincerci che il male è bene, ma noi non ci crederemo mai. Il suo cervello è per metà vuoto, per l'altra metà è pieno di sciocchezze e di cattiveria. Ciò che vorrei fare per la maestra (che merita solo la lettera minuscola) è darle una pedata e scaraventarla nel fiume.

Pippa

Siamo prigionieri della Maestra più malefica che esista nell'universo. È una persona molto ignorante, crudele e piena di sé. Crede di essere chissà chi, in realtà assomiglia a una cacca di mucca. Non ha nessuna capacità di insegnamento ed è ignorante e brutta quanto il suo scorpione velenoso. Lei ha cacciato il mio amico barbone giù per le scale del Bidibibù. Mi auguro che il poveretto ce l'abbia fatta. Ciò che vorrei fare per lei è attaccarle una coda di barattoli arrugginiti al bordo dell'orrendo grembiule che indossa e poi costringerla a correre per le strade di Manhattan fra le risate della gente.

Bobby

La Maestra Tiramisù dirige una scuola sul tetto di un grattacielo. È brutta come l'orco, ha i capelli che sembrano impastati con il fango e probabilmente ha anche i pidocchi. Il suo alito puzza più dei suoi piedi, che sanno di formaggio andato a male. Si veste come la befana e mangia come un maiale. Ha le unghie ricurve, il naso ricurvo ed è talmente stupida da credere che io abbia il desiderio di fare qualcosa per lei. Comunque, se proprio fossi obbligato, la costringerei a lavarsi i piedi con la candeggina.

Beba

Io sono una bambina geniale. Ho un cervello molto sviluppato e un'intelligenza precoce. Inoltre sono una campionessa di ginnastica. Nessuno è bravo come me. Quando sarò grande, vincerò le Olimpiadi. La Maestra Tiramisù non potrà mai superarmi. Lei crede di dominarmi, ma si illude perché è dura di comprendonio. Non sono disposta a fare niente per lei, neppure ad ascoltare le sue chiacchiere insensate.

Totty

La maestra tiramisu e la piu grande paiaccia di new york forse ance del pianeta terra punto

I bambini premettero il tasto "invio" e i loro testi migrarono nel computer della Maestra.

– Benissimo! Ora che avete finito, il bidello robot vi porterà in palestra a fare un po' di piegamenti e di corsa all'ultimo fiato. Intanto io correggerò i vostri capolavori. Vi auguro di aver prodotto dei testi soddisfacenti, altrimenti...

Dopo la ginnastica, nello spogliatoio della palestra, i bambini si ritrovarono per qualche istante senza sorveglianza.

Allora si affollarono intorno a Etan.

– Ti ho ascoltato ma ho una paura del demonio! – disse Bobby.

– Si può sapere perché ci hai fatto scrivere tutto ciò che pensiamo della Maestra? – gli domandò Pippa.

– Se volevi farci un brutto tiro... – grugnì Beba.

– State calmi! – li rassicurò Etan. – La nostra unica salvezza consiste nella punizione.

– Ti è girato il boccino? – lo interruppe Totty.

– No! Ho ricevuto un messaggio. Un messaggio dal cielo. Insomma, stamattina ho trovato un foglietto sul davanzale della mia camera. C'era scritto "Salite sulla torretta e verrò a salvarvi".

– Com'è possibile? Nessuno potrebbe mettere qualcosa su un davanzale all'ultimo piano di un grattacielo. Te lo sei sognato! – gridò Beba.

– Mostraci il messaggio – disse Pippa.

– Ho buttato il foglio nel water perché avevo paura che finisse nelle zampe della Maestra.

– E tu credi davvero che qualcuno possa prelevarci dalla torretta del Bidibibù? Potrebbe essere una trappola. Non sai neppure chi lo ha scritto, quel messaggio.

– Sì che lo so! – rispose Etan.

I bambini lo guardarono stupiti.

– Lo so! – continuò lui. – Era firmato...

– Era firmato? – chiesero tutti insieme.

In quel mentre, un urlo spaventoso percorse tutti i locali della scuola. I vetri tremarono, dal soffitto caddero calcinacci e si udì un passo tumultuoso e veloce dirigersi verso la palestra.

Dodici

Ed ecco apparire la Maestra Tiramisù. Avanzò nello spogliatoio della palestra e i bambini si fecero piccoli piccoli come formiche. Teneva in mano una bacchetta di metallo e lo scorpione sopra la spalla sinistra. Dietro alle ciocche aggrovigliate dei capelli serpentini, trasparivano occhi invasati da una furia indicibile. Il suo grembiule scricchiolava come legno secco. Dietro di lei, in fila per due con il resto di uno, c'erano i sette avvoltoi con i colli rossi protesi.

– Adesso sono molto calma – disse – perché la vendetta è un piatto che si gusta freddo. Ora, spiegatemi la ragione per cui avete scritto tutte quelle bugie su di me e io vi perdonerò. Ammettete di esservi sbagliati e io sarò magnanima.

"Non ci credo neanche per sogno!" pensò Pippa.

– Beba! – continuò la Maestra, – dimmi la verità. Tu non pensavi affatto a ciò che hai scritto, vero?

– Io... non ho scritto tutto quello che avrei voluto – rispose la bambina.

– Cioè? Dimmi, cara.

– Non ho scritto che sei una vecchia megera incompetente – rispose Beba tutto in un fiato.

– Brava. Ti sei scavata la fossa con le tue stesse mani. Lo sanno, i tuoi amichetti, che li spiavi? Che mi raccontavi tutto ciò che facevano in cambio di dolciumi, di una cameretta deliziosa, della mia confidenza e approvazione?

Beba arrossì. Gli altri bambini la guardarono male.

"Lo sapevo!" pensò Pippa.

– Non crederete a questa balorda! – urlò Beba, ma la Maestra tagliò l'aria con la mano sinistra e urlò:

– Sta' zitta! Muta! E voi, come mai avete osato scrivere tante bugie su di me?

– Io ho scritto la verità! – gridò Totty.

– Una verità molto sgrammaticata, ignorantello. E voialtri?

– Anch'io ho scritto ciò che penso davvero – replicò Bobby.

– Anch'io! – dissero Etan e Pippa insieme.

Poi ci fu un grande silenzio finché a un avvoltoio non

venne il singhiozzo. "Hic... hic... hic..." faceva, mentre il suo collo si avvitava e svitava. Il suo compagno di fila lo beccò sulla testa.

– Basta! – strillò la Maestra Tiramisù. – Smettetela tutti! Sono molto irritata e nervosa. Vi punirò duramente. Resterete sulla torretta tutto il pomeriggio. Anzi, ci resterete anche tutta la notte. Preparatevi, perché sta scoppiando un temporale. Il meteo prevede un acquazzone epocale. Vi schiarirete le idee. E domattina, scriverete un altro testo.

Detto questo, fece lo strano verso di richiamo e cinque avvoltoi afferrarono un bambino ciascuno e lo portarono volando fuori dallo spogliatoio. Raggiunta una finestra, uscirono all'aperto, salirono in alto fino alla torretta e depositarono i bambini urlanti sul piccolo spazio delimitato dalla ringhiera.

– E adesso? – chiese Pippa tremando di freddo e di paura.

– Adesso aspettiamo – rispose Etan.

Il temporale avanzava sulla città. Nubi gonfie e buie, provenienti dal mare, si accumulavano nel cielo. Un unico raggio di sole si fece strada a ovest, illuminando per un attimo la torretta e poi scomparve, soffocato da una nuvola minacciosa. Soffiava un vento sostenuto e gelido. I bambini si tenevano disperatamente alla ringhiera per contrastare la sua forza che quasi li strappava via da quell'appiglio precario. Un gabbiano volò sopra le loro teste, con le ampie ali che sfidavano la furia del vento, fece un giro intorno alla torretta, poi scomparve.

– Non potremo resistere a lungo – gridò Bobby.

– Etan! Chi ti ha mandato il messaggio? – chiese Totty.

– È stata... – disse il bambino, ma ammutolì subito. Il suo sguardo corse all'orizzonte da dove qualcosa si stava avvicinando.

I bambini si volsero a guardare: era un pallone colorato, piccino per la distanza, che diventava via via più grande.

– È lei! Siamo salvi! – gridò Etan.

– Lei chi?

– Rosy Acchiappanuvole. Quella che mi ha mandato il messaggio.

Il pallone diventò più grande, aveva una cesta attaccata sotto.

– È una mongolfiera! – esclamò Pippa.

Dalla cesta spuntavano due teste. Il vento sbatacchiava qua e là il fragile apparecchio, ma c'era una mano sicura ed esperta che lo guidava. La mongolfiera si fermò sopra la torretta e qualcuno calò una scala di corda fino ai bambini.

– Saliamo, presto. Uno alla volta – li incitò Etan.

Beba si aggrappò per prima alla scala ed entrò nella cesta, velocissima e risoluta. Poi cominciò ad arrampicarsi Totty. Il vento sferzava la scaletta e il pallone aerostatico.

– Tieniti forte e non guardare giù – strillò Pippa.

Totty si era bloccato a metà strada e ora stava aggrappato alla scaletta con tutte le sue forze. Una mano si sporse dalla cesta e ci furono parole portate via dal vento. Il bambino, tratto un profondo respiro, ricominciò l'arrampicata e, fra le urla di gioia dei compagni, riuscì a mettersi in salvo.

– Ora tocca a te – disse Bobby a Pippa.

La bambina si afferrò alla scala e iniziò a salire. In quel mentre, da sotto si udì un mugghio formidabile. La Maestra Tiramisù li minacciava dal terrazzo agitando le mani adunche. Indossava un impermeabile color temporale e un cappello da pompiere da sotto il quale i capelli sventolavano come la bandiera dei pirati. E subito, i sette avvoltoi da combattimento si levarono in volo puntando contro la mongolfiera.

"Siamo perduti" pensarono i bambini. Dalle nuvole sbucò uno stormo di migliaia di gabbiani, che si compattò a forma di freccia e si scagliò contro gli avvoltoi. Ci fu uno stridio assordante e il fruscio di innumerevoli ali. Pippa, afferrata alla scaletta, vide un avvoltoio spennato precipitare e sparire in basso.

I gabbiani misero in fuga gli altri sei, rincorrendoli in mezzo alle nuvole da cui iniziò a sprigionarsi il fulmine. Pippa raggiunse la cesta, seguita da Bobby. Etan, rimasto per ultimo, scoccò un'occhiata alla Maestra che ancora urlava sul terrazzo con le braccia alzate.

– Ti saluto, brutta befana! – gridò e cominciò a salire.

Ora il vento era ancora più forte. Cominciarono a cadere gocce enormi di pioggia che, in un attimo, inzupparono il bambino. Con immensa fatica, Etan raggiunse il bordo della cesta, e mani soccorrevoli, afferrandolo per i vestiti, lo tirarono dentro. Lui ricadde esausto sul fondo mentre la mongolfiera si allontanava. Quando riaprì gli occhi, vide una donna, una vecchia barbona sorridente, e, accanto a lei, il barbone con il volto trasognato. Allora sorrise.

La mongolfiera veleggiava tra la pioggia e i fulmini spostandosi verso est. I bambini vedevano ancora il terrazzo del Bidibibù e la Maestra, ora fattasi piccina piccina e nera come uno scarafaggio, che si agitava rabbiosa. Quand'ecco, una saetta serpeggiando si scaricò proprio sul terrazzo colpendo i generatori di corrente.

– Lì ci sono le taniche di benzina – disse Pippa.

Una vampata di fuoco si innalzò fino al cielo e si udì una serie di scoppi.

– Guai se il fuoco dovesse raggiungere l'armeria della Maestra! – urlò Etan.

L'incendio copriva metà del terrazzo e si vedevano le fiamme divampare sotto lo scroscio di pioggia. Poi ci fu un'esplosione immane. La sommità del Bidibibù si trasformò in uno spettacolo di fuochi d'artificio dai malefici colori: rosso sangue, blu elettrico, giallo tossico, verde cadavere, viola funerale. Lo spostamento d'aria fece dondolare la mongolfiera come un fuscello.

In basso, lungo le strade di New York, le persone scesero dalle automobili e dagli autobus per guardare in su. Tutti strillavano e indicavano la sommità del grattacielo. Le esplosioni si susseguivano una dopo l'altra e qualcuno giura di aver visto tre coccodrilli, scagliati in aria e proiettati dentro una nuvola, poi ricadere, sprofondare nel fiume e nuotare via.

Poi arrivarono la polizia, i vigili del fuoco, la guardia nazionale, ma ormai la mongolfiera era lontana e si dirigeva verso il prato della **SPPG**.

– Eh, sì – disse Rosy Acchiappanuvole, mentre il gabbiano con la collana si posava sul bordo della cesta, – per anni ho mandato il mio uccello presso la baracca del mio amato nella speranza che fosse fuggito dalla scuola nelle fogne. Ma lui, poverino, non ha mai ricevuto i miei messaggi perché la Maestra glieli nascondeva. E poi, quando è tornato a casa, ha perso la testa. Nel Bidibibù, per fortuna, ha ritrovato una delle mie lettere. Quando la Maestra lo ha cacciato via, è riuscito ad avvertirmi mandandomi un biglietto per mezzo del mio gabbiano. Non riesco a immaginare come abbia fatto a scendere tutte quelle scale e a uscire dal grattacielo. Ma è un vecchietto molto forte, ne ha passate così tante da diventare robusto come un albero antico. Ora mi prenderò cura di lui. Guardate: laggiù c'è la vostra scuola. Tra pochi minuti sarete al sicuro.

– Perché ti chiamano Acchiappanuvole? – le domandò Pippa.

La barbona sorrise e le mostrò una vecchia macchina fotografica.

– Questa è una Rolleiflex. Guardala bene. Non è magnifica? Si tratta di uno degli apparecchi più famosi della storia della fotografia. Le sue parti fondamentali sono meccaniche, lavorate a mano una per una. Non è facile da usare come le macchinette digitali o i telefonini, ma le foto scattate con questa macchina sono opere d'arte.

– A che cosa ti serve?

– A fotografare le nuvole. È questa la ragione del mio nome. Ho trascorso anni e anni sulla mia mongolfiera catturando le immagini mutevoli del cielo. E ho scordato la Terra, i miei amici e il mio unico amore. Lui... – sospirò la vecchia indicando il barbone.

– Ti ha cercato a lungo.

– Sì ma non sapeva come trovarmi. Ogni giorno il mio gabbiano volava sotto il ponte di Brooklyn, ma non ritornava mai con un suo messaggio. Pensavo che fosse morto. Poi, una sera, il gabbiano mi ha riportato un biglietto un po' sconclusionato, ho riconosciuto la scrittura e ho capito subito che c'era bisogno di me.

– Prepariamoci a scendere. Siamo arrivati! – gridò Totty.

– Mi insegnerai ad allacciarmi le scarpe? – gli chiese Pippa sottovoce.

– Sì – rispose lui sorridendo.

"E io troverò il modo di far cacciare questi antipatici dall'istituto" pensò Beba.

La mongolfiera si posò sul prato. Il temporale era cessato, un raggio di sole illuminava l'erba intrisa d'acqua, traendone un alone di verde smagliante. Beba saltò giù dalla cesta senza salutare, inciampò e cadde dentro una pozzanghera.

Tredici

Una nube di fumo nero staziona sulla città di New York. Si odono le sirene dei vigili del fuoco e della polizia. Molta gente sta con il naso per aria, ma lo spettacolo è quasi finito, l'incendio domato. Il grattacielo ormai è ridotto a un cumolo di macerie.

E la notte avanza. All'orizzonte c'è ancora una striscia rosso sangue, ma la notte avanza. Un'ombra sottile e nervosa si staglia contro il cielo viola. Un'ombra con una gabbietta e con una valigia. Dove sarà diretta? Meglio non saperlo. Solo le stelle, impassibili e mute, sono in grado di seguire la sua stessa strada. Ma alle stelle non importa ciò che succede sulla Terra. Perfette ed eterne, tremolano nell'immensità dell'Universo. Tremolano? Tremano. Anche loro hanno una certa fifa a guardare quaggiù.

INDICE

Tredici	5
Uno	6
Due	15
Tre	30
Quattro	40
Cinque	51
Sei	64
Sette	77
Otto	90
Nove	99
Dieci	109
Undici	121
Dodici	131
Tredici	141

Il libro continua online...

Utili attività interattive,
domande di comprensione,
quiz, giochi, approfondimenti
legati al libro.

www.raffaellodigitale.it

Raffaello digitale

Scopri gli altri titoli della collana
sul sito www.ilmulinoavento.it

La Maestra Tiramisù
Il ritorno
IL MULINO A VENTO